書下ろし長編時代小説

落ちぶれ同心と将軍さま

上さま危機一髪

藤村与一郎

コスミック・時代文庫

この作品はコスミック文庫のために書下ろされました。

目次

第一話　横　車

一　幕

江戸っ子といえば、大の番付《ばんづけ》好きである。

名刀《めいとう》や銘酒《めいしゅ》、湯治場《とうじば》などからはじまって、鰻屋《うなぎや》から遊女《ゆうじょ》にいたるまで、なんにでも相撲《すもう》番付の形を借りて、上は大関《おおぜき》から下は平幕《ひらまく》までの順序をつけている。

それを一枚刷りの刷り物にして、湯屋の二階などで、湯上がりにあれこれと論評しあって楽しむのである。

町方の組屋敷のある八丁堀《はっちょうぼり》では、切れ者同心や、だめ同心の番付表まで出まわっている。そして、ここ十年、だめ同心の大関に居座り続けているのが、北の橋廻り同心である服部半四郎《はっとりはんしろう》だ。

普通の番付表では、東西に分かれて、大関も関脇《せきわけ》もふたりずついる。

だが、同心の番付表では、町奉行所が南北ふたつあることから、南北でひとりずつ大関や関脇を出す形となっている。

ところが、だめ同心の番付表では、北だけでなく南の大関も、半四郎であった。

本来なら、南町からもひとり、大関に名乗りをあげるべきであろうが、半四郎のぐうたらぶりに見合う同心が、なかなか見当たらないのであった。

文政《ぶんせい》十二年の梅《うめ》香るころのこと。

その半四郎が、まさかの番狂わせで、将軍直属の御庭番《おにわばん》に昇格となった。

「おまえはこれから『永々御目見《えいえいおめみえ》以上』……つまり子孫代々、将軍家に目通りできる旗本《はたもと》になったのだ」

何日か前に、北町奉行である榊原主計頭《さかきばらかずえのかみ》からそう告げられた。

晴れがましい出世を遂《と》げた半四郎だが、今日はまだ日の高いうちから貧乏徳利を股座《またぐら》に引き寄せて、徳山斉之助《とくやまなりのすけ》を相手に、愚痴《ぐち》をこぼし続けていた。

というのも、同心から旗本になったというのに、いっこうに加増《かぞう》の音沙汰《おとさた》がないのだ。

「三十俵二人扶持《ぶち》から、増やしてもらえないんですかい?」

そう榊原奉行にせっついてみたが『加増は追って沙汰を待つべし』との言葉が、

老中・水野《みずの》出《で》羽守《わのかみ》から発せられただけであるという。

『これまでどおりに普段は北町奉行所に出仕して、北町奉行の指図に服すべし』

との言葉も、そえられていたそうな。

「まったく、上はなにを考えていやがるのかな。俺にとっては、おめみえよりもおまんまのほうが切実なのにさ」

「そうぼやくな、半ちゃん」

斉之助が親身な顔をして、半四郎の杯に銚子《ちょうし》を傾けてきた。

「つまりは、なにか特命があるときだけ、御庭番の仕事をしろということじゃろう」

要するに、橋廻り同心兼任の御庭番なのだ。

そう読み解きしてくれた斉之助に、半四郎はしかたなくうなずいた。

なんのことはない。普段はあいかわらず、橋廻り同心であった。

たいていの八丁堀同心は、百坪ある組屋敷のなかに長屋を建てて人に貸し、食い扶持の足しにしている。

ご多分にもれず、半四郎の屋敷にも、四世帯で一棟《ひとむね》の長屋が建っていた。

徳山斉之助は、去年の秋から半四郎長屋に住み着いた老人である。

旗本・徳山家の隠居という触れ込みだが、半四郎とはどういうわけか、馬が合った。

「まぁ、それならそれでいいか」

大きく両手をあげて伸びをしながら、半四郎はつぶやいた。

そして思った。半四郎長屋の連中を相手に気楽な生活が続けられるのは、なによりではないかと。

半四郎長屋は今、三部屋が埋まっている。

ひと部屋は斉之助で、もうひと部屋が蘭方医《らんぽうい》・小倉導庵《おぐらどうあん》と里江《さとえ》という気のいい夫婦。

それにもうひとり、斉之助のことをいつも陰《かげ》から見守っている市子《いちこ》の真鈴《ますず》だった。市子とは、江戸市中で見かける巫女《みこ》のことである。

その麗《うるわ》しい真鈴のことが、寝ても覚めても半四郎の頭から離れずにいる。真鈴も半四郎のことを、憎からず想ってくれているようだ。

真鈴といつ祝言をあげるのか、と、長屋の連中は訊《たず》ねてくる。

いずれそうなればよいと思ってはいるが、ふたりで祝言のことなど語りあったことはない。それでも半四郎には、満ち足りた思いがあった。

（加増など、ないならないでいいか）

斉之助を相手に杯を重ねるうち、そんな思いが半四郎の胸に湧《わ》いてきた。もとからして能天気なうえに、物事に淡白な男なのだ。

「へへ、旦那《だんな》、いらっしゃいますかい」

宵闇《よいやみ》が迫るころ、酒の香りをかぎつけたように、素《す》っ破《ぱ》抜《ぬ》き稼業の手先である磯八《いそはち》が、半四郎の屋敷に顔を出した。

「旦那、ちくっと話を聞いてくれますかい」

座敷に上がり込んできた磯八は、駆けつけ三杯を飲み干すなり、にんまりと目配せしてきた。どうやら、素っ破抜きのネタを持ってきたらしい。

「徳さんには、話が煮詰まってきたあたりで、一座に加わってもらいますからね。どうぞご心配なく」

仲間外れにされると、とたんにしょげてしまう斉之助に言い聞かせて、半四郎と磯八は、小庭を隔《へだ》てた長屋の空き部屋に足を向けた。

四部屋ある半四郎長屋だが、残りひと部屋がなかなか埋まらずにいる。

「おい、八。徳さんがなんだか、恨みがましそうな顔をしていたぜ」

「ですけどね、あのご隠居が絡むと、せっかくの素っ破抜きが、いつも妙な成り行きに転がっていくでしょう。ある程度、目途《めど》がついてからお出まし願ったほうが無難ですって。なにしろ今度は、お旗本を強請《ゆす》ろうって算段ですから、少しは慎重にかまえないと」

磯八は、狸顔《たぬきがお》をしかめてみせた。

半四郎の先祖は、伊賀《いが》の素っ破の頭領《とうりょう》・服部半蔵《はんぞう》である。素っ破は別名を、忍者《しのびのもの》ともいう。

そして、伊賀や甲賀《こうが》の素っ破たちが使った業《わざ》が、素っ破抜きである。人を出し抜き、秘密をあばく、などといった意味がある。

先祖にあやかって半四郎が手を染めている裏仕事は、あこぎな手口でぼろ儲《もう》けしている豪商や役人の醜聞《しゅうぶん》を素っ破抜き、強請りを仕掛けて金にすることだ。

「あっしと同じ房総《ぼうそう》の出の、博打《ばくち》好きから仕入れてきたネタです。そいつは、旗本屋敷で開帳される賭場《とば》に入り浸《びた》っていましてね」

町方は、旗本屋敷の中には踏み込めない。それをいいことに、少なからぬ旗本屋敷の中間《ちゅうげん》部屋で、毎夜のように賭場が開かれていた。

「その賭場は、沢村《さわむら》っていう旗本の屋敷なんですがね。このお旗本が、品性お下劣《げれつ》なお殿さまのようです」

磯八は薄ら笑いを浮かべながら、聞き込んできたネタを口にしはじめた。

なんでも沢村は、知行地《ちぎょうち》の管理をさせている名主《なぬし》に、日頃《ひごろ》から酒色《しゅしょく》の接待を強要しているらしい。

その他にも、領主の権限をかさに、あれこれと難題を押し付けているようだ。筋の悪い旗本のなかには、沢村と同じような悪党も多い。知行地の検分と称して、旗本が知行地にたかりにいくのだ。

「性悪《しょうわる》で助平《すけべい》な旗本です。名主《なぬし》の娘のお志麻《しま》に懸想《けそう》して強淫《ごういん》したうえに、無理やりずくで屋敷に連れ帰ってしまったそうなんですよ」

志麻は鄙《ひな》にはまれな美形で、近郷では評判となっていたらしい。

「左目の下に、いとも艶《つや》っぽい泣きぼくろがあるそうで」

見てきたように、磯八は続けた。

「その沢村って旗本には、出生について噂《うわさ》がありましてね。なんでも、さる幕閣のお偉方の、隠し子だって話です。とはいえ、娘を強淫して拐《かどわ》かしたのは事実。いくら親父さんが偉かろうと、やっていいことと悪いことがあるってもんだ」

磯八は、にたっと笑った。

「そのご乱行旗本の沢村に、素っ破抜きをかけましょう。旦那も御庭番になったんだから、相手が旗本だって気後《きおく》れせずに、強請れるでしょう」

「そうかなぁ。そういう旗本は、強請るんじゃなくて、糾弾《きゆうだん》するのが、俺の役目だと思うが」

御庭番という仕事の意味を、磯八は勘違いしているようだ。もっとも半四郎にしても、法の番人という立場には、とんと実感がないのだが。

「半四郎さま……」

そこに、市子の真鈴が顔を出した。

「おっと真鈴か。なにか用かい？」

「これから客先まわりをしてきます」

市子のなかには、奥州《おうしゆう》のイタコのように、死者の霊を呼び、口寄せをする者もいる。心寂しく暮らす寡婦《かふ》や、子どもに先立たれた親を慰《なぐさ》めるためにである。江戸にいる市子の大半は、心に悩みを抱えた者の願望や愚痴を聞き、話し相手となって生計を立てていた。

「市子って仕事も大変だな」

半四郎は、夕刻から出かけていく真鈴をねぎらった。

「おかげさまで、このところお呼びがかかることが多いもので。半四郎さま、徳山の御前のことをお頼み申しますよ」

真鈴が客まわりするのは、主に上野《うえの》、神田《かんだ》から、本郷《ほんごう》湯島《ゆしま》の界隈《かいわい》が多かった。市子同士で、それぞれ客まわりの縄張りを決めているのだ。

芍薬《しゃくやく》の花のような真鈴の顔が、今日はいくぶん蒼《あお》ざめているのが気にかかった。

真鈴が去ると、磯八がせっついてきた。

「で、この一件はどうするんですかい。旗本を強請るんですか、見過ごすんですか。早く決めてくださいよ」

半四郎は、どうも気乗りがしなかった。

気恥ずかしいので口にはしないが、御庭番になったことでもあるし、これまでどおり、安直に素っ破抜きに出向くことに、ためらう気持ちもある。

それに、知行地に酒や飯をせびりにいくような、さもしい旗本に素っ破抜きをかけても、いくらにもならないだろう。

とはいえ、懐《ふところ》がぴぃぴぃしている磯八は、ずいぶんと乗り気のようだ。

「沢村ってのは、聞いたことがない名だが、どんな旗本なのかな」

ぼつりとした口調で、半四郎は尋ねてみた。

「さぁ、屋敷の中間部屋が賭場になるぐらいだから、どうせ小普請《むやく》のろくでもない旗本でしょう」

「下の名は、なんというんだい？」

「さぁ、そこまでは聞いていませんが、屋敷は、神田川を越えた佐久間町《さくまちょう》にあるって話ですよ」

「なんだ、下の名前もわからない奴を強請ろうってわけかい」

磯八はのんきな顔をしているが、いかにも準備不足で安直な企《くわだ》てだと、半四郎は思った。どうにも気乗りがしない。

「まぁ八、飲め。旗本相手の強請りだ。ちったぁ慎重にかまえるべきだと、おまえもさっき言ってたじゃねぇか」

こういうときには、酔い潰《つぶ》すに限る。

結局、いつもの調子で、ふたりで明け方近くまで飲み明かした。

寝入りばなを、ばんばんと雨戸を叩《たた》く音に起こされた。

「おい、半四郎いるか」

その声は、半四郎の上司である橋廻り与力《よりき》・佐藤文太郎《さとうぶんたろう》だった。

「心得ぬ時間にやってきやがって……ったく、気のきかねぇ上司だ」

玄関に立っている文太郎に、半四郎は無遠慮な口調で言い放った。

「そう言うな。朝一番で奉行所に、おまえを訪ねてきた御仁《ごじん》がいるんだ。そのことを知らせに来てやったんだから」

文太郎は、半四郎がひそかに手本とするさぼり与力だが、朝だけは人一倍早く出勤する。

「それがな。その御仁は、さる幕閣の大物の側用人《そばようにん》だというから驚きだ。老中かなにかじゃないかな。俺は、服部半四郎という男を朝につかまえるのは難しいと、教えておいてやったぞ」

松木《まつき》と名乗ったその側用人は、ならば半四郎の屋敷を教えてくれと頼んできたという。それで文太郎は、請《こ》われるままに教えた。

「なんの用かは知らぬが……たしかに伝えたぞ」

文太郎は片手をひょいと上げると、そのまま、そそくさと引き上げていった。

松木という名に、聞き覚えはなかった。

なんとなく気にかかって、午後からの橋廻りに出かけそびれていると、昼下がりに、ちりんちりんと音を立てて、町飛脚《まちびきやく》がやってきた。

半四郎と同じように昼過ぎまでだらだらとしていた磯八が、何事かと問うような視線を向けてくる。

「おい八、高級料理茶屋へお呼ばれになったぜ。おまえも当然、ついてくるよな」

書状を斜め読みした半四郎は、そのまま磯八に指し示した。

「なるほど、こいつはすごいや。深川仲町《ふかがわなかちょう》の料理茶屋の山本《やまもと》ですよ。たまらねぇなぁ。なになに……ぶしつけながら、御庭番を拝命された服部半四郎殿にご一献《いっこん》差し上げたいので、本日の六つ刻（午後六時）にお出まし願いたい、なんて書いてありやがる」

磯八も舞い上がっている。

深川の仲町は、正しくは門前《もんぜん》仲町という。その目抜き通りの南側にある山本といえば、深川でも一、二を争う、最高級の料理茶屋なのだ。

夢ならば覚めないでほしい。欣喜雀躍《きんきじやくやく》して、いても立ってもいられなくなったふたりは、ずいぶんと早目に八丁堀を出た。

書付けには六つ刻（午後六時）と記されていたが、一刻《いっとき》以上も前に、深川に着いてしまった。

まだ日も存分に高い。ふたりで富岡八幡宮《とみおかはちまんぐう》にお参りし、近場の岡場所《おかばしょ》をひやかしたりしていたが、それでも時間をもてあましてしまった。

ようやく山本に登楼《とうろう》すると、心得顔の仲居《なかい》が揉《も》み手をしながら、二階の座敷に誘《いざな》ってくれた。

「さすがですねぇ……床の間も違い棚も、ぴっかぴかだ。それでいて渋い拵《こしら》えですぜ」

座敷を見渡した磯八が、わかったような口を利いた。

「そうだな。俺たちがいつも行く煮売り酒屋とは、ずいぶんと趣《おもむ》きが異なるよな。畳の匂《にお》いまで違いやがるぜ」

鼻を鳴らした半四郎は、へっくしょんと、くしゃみをした。袖《そで》で鼻をこすると、ふと思いたったことがあった。

「なぁ、八よ。そもそも俺たちは、どんな用向きで呼ばれたのかな」

「難しいことは、言いっこなし。へへ、料理が来ましたぜ」

襟元《えりもと》の涼しげな若い仲居が、贅《ぜい》を尽くした膳《ぜん》を並べはじめた。

仲居たちの白い顔とうなじを眺《なが》めただけで、磯八の鼻の下が伸びた。

「勘違いするなよ、仲居は相手にならないぜ。ここは『呼出し』を呼ぶ店だ。おまえがいつも通っている安手の伏玉屋《ふせだまや》と違うからな」

深川の料理茶屋の大半は、茶屋の名を借りた遊郭《ゆうかく》だが、おおまかに分けて二種類ある。

ひとつは伏玉屋と呼ばれ、茶屋自体が隠し遊女を抱えた店。遊女は料理を運ぶ仲居の仕事もこなす。

もうひとつは、自前の遊女を抱えない茶屋である。客の求めに応じて、子ども屋と呼ばれる遊女置屋《おきや》から遊女を呼びだす。そして、この手の茶屋のほうが、高級であると言われていた。

「わかってますって。山本といえば、そんじょそこらの伏玉屋とは、格式が違います。さてさて、これからどんな成り行きになることやら」

磯八が舌なめずりをはじめると、襖《ふすま》の向こうから、咳払《せきばら》いの音が聞こえた。

「松木軍太夫《ぐんだゆう》にござる」

高級料理茶屋に招いてくれたのは、四十絡みの恰幅《かっぷく》のよい男だった。唐桟《とうざん》と呼ばれる、絹物《きぬもの》に似た木綿《もめん》の紋服《もんぷく》を着て、いかにも筋目のよい武士といった雰囲気だ。

「さる藩の用人を勤めております。ささ、お過ごしあれ」

松木はみずから酒器を取った。

「ああ、ここはわしがやるから、おまえたちはよい。さがってくれ」

酌取《しやくと》りに残ろうとした仲居たちに、松木は目配せをした。

「承知いたしました。では、丸平《まるへい》さんや鶴喜屋《つるきや》さんには……」

仲居頭が、遊女置屋の名をあげた。

「子ども屋への呼び出しは、あとでよい」

そう告げながら、松木は酒器を、半四郎の杯に傾けた。

半四郎は黙って受けた。横で磯八は、がくんとうなだれながら、勝手に手酌で飲みはじめた。

「服部半四郎にござる。して、本日のお招きのご趣旨《しゆし》を承《うけたまわ》りたい」

返杯もせずに、半四郎は単刀直入に問うた。

「服部殿は、性急ですな」

松木は杯を取ったまま、呆《あき》れた声を出した。

磯八があわてて、松木の杯に酒を満たす。

「根が貧乏性でしてな。呼ばれた理由が判然としませんと、せっかくの酒の味も楽しめません」

くいっと干した松木は、音を立てて杯を置いた。

「では端的《たんてき》に申しましょう。今夕は、御庭番になられた服部殿に、お願いしたいことがあってお招きした」

「承りましょう」

半四郎もこつっと音を鳴らして、杯を置いた。

「拙者《せっしゃ》の主《あるじ》は、今でこそ幕閣の重職に就《つ》いておりますが、若いころはやんちゃなところがございましてな。男ならば身に覚えもあろうが、お屋敷の外で女子《おなご》と通じてしまわれた。そして、お子ができた」

松木はさりげない口調で、自分の主の大物ぶりを、ちらつかせてくる。半四郎は、鼻につくのをこらえながら聞いていた。

「生まれたお子は、さる大身《たいしん》の旗本に養子に出されました。今は堂々とした旗本になられ、重職にも就いておられます。ところが、このお子のほうも、父君に似て、多少、やんちゃなところがございましてな」

「へへ、わかりますですよ。さしずめ、外に女を作っただの、囲っただのというお話でございましょう」

磯八がへらへらと先まわりをすると、松木は嫌な顔をした。

「女遊びは男の甲斐性《かいしょう》でござる。いわんや、身分高き武士は、家の跡目のことや一門の枝葉を広げるために、子は多いほどよいわけじゃ。夜ごとに女を愛おしむのは、身分ある武士の務めと申すもの」

手前勝手な理屈を、松木はとうとうと述べはじめた。

「松木さんよ、能書きはいい。それでその旗本は、女でどんなしくじりを演じたんだい。頼みたいってのは、その後始末だろう」

「おのれ、口が過ぎよう！」

半四郎の先まわりに対して、松木は杯を震わせて怒気を発しかけた。

「そうかい。俺の物言いは、いつだってこんなだぜ」

半四郎は平然としている。

松木は幾度も息を吸ったり吐いたりして、気を鎮《しず》めた。

「相手の女というのは、知行所の庄屋《しょうや》、津右衛門《つえもん》と申す百姓の娘じゃ。その娘を目にとめ、しかも、江戸の屋敷に連れ帰ったというだけのこと。特に珍しいことではない」

知行所を持っている旗本のことを、地頭《じとう》と呼ぶ。

地頭が領内の女に手をつける……なるほど、ありがちなことではあった。

「それなのに、その庄屋が身分もわきまえず、怒り出したのでござる。あろうことか江戸までやってきて、その旗本の行状を相給《あいきゅう》の旗本に訴えたのだ」

江戸の近郊や関東では、ひとつの村を、複数の旗本が領地にしていることがある。これを相給という。たとえば、三百石の穫《と》れ高がある村を、三人の旗本が百石ずつ分けあうといった具合である。

「おい、松木さんよ。その旗本なんてまどろっこしい言い方をしているが、要するに、沢村って助平旗本のことなんだろう」

半四郎は、とっくに思い当たっていたことを、ぴしゃりと口にした。

要するに、磯八が持ち込んできたネタと、同じ一件なのだ。

「い、いかにも、さよう。さすがは御庭番……すでに探索にかかられていたか」

松木の言葉から、威勢のよさが失われた。

「幾度も申しますが、地頭である旗本が領内の女子を召すのは、至極当然のことでござろう。それなのにあの津右衛門め、のこのこ江戸に出てきて、相給の武士に訴えるなど、言語道断」

津右衛門は、ふたりの旗本から名主を任されていたという。ひとりが沢村で、もうひとりが、沢村の非道を訴えた旗本だ。

「相給の旗本同士は、仲が悪いのが通例でござる。領地の細かな境目争いなどがありますからな。そのあたりを利用しようなどと……津右衛門め、こすからい百姓じゃ」

娘を拐かされた津右衛門の怒りは当然に思えるが、松木はあたかも不当な抗議を受けたかのように、がりがりと歯嚙《はが》みした。

「拙者はすぐに、その相給の旗本のところに出向き、ことを公《おおやけ》にしないようにと頼み申した。そのう、ここだけの話、いくらか包みもした。すると、『承知した。武士は相身互《あいみたが》いでござる』と、すぐにご理解をいただき申した。いやいや、この折衝《せっしょう》の手際のよさで、拙者も用人としての面目《めんぼく》が立ち申した」

臆面《おくめん》もなく、松木は自画自賛をした。

「金を使ったんなら、上首尾《じょうしゅび》で当たりまえだろうぜ」

半四郎がにべもなく言うと、さすがの松木もうつむいてしまった。

「おい松木さんよ、いい加減に本題に入ってくれ。もしかして、その件がどこかに漏《も》れて、強請られでもしたのかい」

半四郎は、磯八と顔を見合わせて含み笑った。

松木は苦しげに言葉をつなげた。

「強請りではないのだ……拙者がせっかく奔走《ほんそう》して、相給の旗本の口を封じたと申すのに、あろうことか、あの津右衛門め、ことの次第を目安箱《めやすばこ》に訴え出たのでござる……」

「目安箱か！」

さすがの半四郎も息を呑《の》んだ。

評定所《ひょうじょうしょ》の前に置かれた目安箱への訴えは、厳重な扱いを受け、ほとんどの場合、将軍も目を通す。

訴状《そじょう》は、江戸城の中で表坊主《ぼうず》や奥坊主の手で管理され、お歴々《れきれき》の回覧を受けつつ、将軍のご座所まで持ち込まれるのだ。

これを途中で握り潰すのは、相当に難しいと言われている。

此度《こたび》の一件の訴状も、将軍家斉《いえなり》の目にとまったようだ。

「我が殿が漏れ聞いたところによると、上さまは、この一件を御庭番に探索させよと、ご老中衆にお伝えになったらしい。そこでじゃ……」

松木はそこで大きく息をついた。

ようやくと話が核心《かくしん》に入ってきたと、半四郎は感じた。

「その探索をゆだねられた御庭番は誰か。我が殿は大物ぶりを存分に発揮し、江戸城に張り巡らせた耳目《じもく》を総動員させ申した」
大げさな口調で、松木は言葉をつないだ。
「具体的には、表祐筆《ゆうひつ》、奥祐筆、表坊主に奥坊主と……まぁとにかく、御庭番の
の特定を急ぎ申した。その結果……」
松木は背筋をぴんと伸ばし、きちんと両手をついて拝礼した。
「家斉公のご指名は、服部殿、貴殿でございまする」
「ひぇ！」
横で、磯八が奇声をあげた。
両手をついたままの松木は、額を畳に近づけた。
「たかが女子《おなご》一匹、しかも百姓の娘でござる。再三、申し上げるが、地頭が領内
の娘を妾《めかけ》に召し上げるのは、古来、よくあることではござらぬか」
松木は懇願《こんがん》の姿勢を崩さずに続けた。
「とはいえ、目安箱に訴えられたとなると、沢村家にとっても名誉なことではな
い。沢村家は歴とした役就きの旗本ですからな。それに、江戸城の奥から漏れ聞
こえてくる話では、上さまはとかく女子には甘いお方であると」
将軍のそういった人柄については、市井《しせい》にも噂として、こぼれて出ていた。

「この一件、問題はなかったということで、当方は穏便《おんびん》にことをおさめたいのじゃ。津右衛門のほうにも、拙者からあらためて和議をもちかけ、かならずや丸くおさめてみせます」

松木は、畳面にまで達していた額をちらりと上げ、上目遣《うわめづか》いをしてきた。

「むろん、ただでとは申さぬ。相応の礼はさせてもらうつもりでござる」

半身を起こした松木は、懐に手を入れた。二十五両の切餅《きりもち》を四つ並べていく。

磯八が、鼻の下をにっと伸ばした。

（なるほど。御庭番ともなれば、歴とした大名の側用人から頭を下げられるってわけかい）

面映《おもはゆ》い思いはしたが、どこか納得がいかない気持ちもある。

どこでどう間違った情報が伝わったのかはわからぬが、実のところ探索の命令など、将軍からも老中からも届いていない。この一件については、磯八から素っ破抜きネタとして聞いていたにすぎないのだ。

そもそも御庭番には成ったものの、探索の指示など、これまでなにひとつ出されてない。

「さすがは御庭番さまだ。素っ破抜きをかける前に、向こうから金を出してきましたぜ」

そう耳打ちしてきた磯八が、話を受けろと肘鉄砲《ひじでっぽう》をうってきた。貧乏揺すりもはじめる。

「おい八、よさねぇかい」

半四郎は怖い顔をした。いくら声をひそめようと、磯八のにやけ面を見れば、面前にいる松木には内容が筒抜《つつぬ》けだろう。

「お聞き入れいただけましょうな、服部殿」

案の定、松木は自信満々に、百両の切餅を半四郎の前に押し出してきた。

磯八の貧乏揺すりが激しくなる。

半四郎の胸に、ざらざらとしたものが、こみあげてきた。

だいたいからして、大名《だいみょう》や旗本が、己《おのれ》の領民の娘を拐かすなど言語道断。しかも、それを隠蔽《いんぺい》しようとしている。餌《えさ》をちらつかせるような、松木の態度も気に入らない。

一方の松木は、磯八の表情や動きを見て、この折衝がうまくいったと確信したらしい。

「拙者はこれで失礼いたすが、帰りがけに、仲居頭《がしら》にひと声かけておき申す。鶴喜屋の板頭《いたがしら》を敵娼《あいかた》に、朝までごゆるりと過ごされるとよいぞ」

板頭とは、一番人気の遊女を差す。

あっしはどうなるんです、といった顔で磯八が腰を浮かし、指を自分の鼻先に向けた。こんな高級な茶屋で妓《おんな》を抱く機会など、そうそうあるわけではない。

心配するなといった顔で、松木が鷹揚《おうよう》にうなずいてみせる。

ほっとした顔で、磯八がにやけた笑みを浮かべた。

日頃、安女郎《じょろう》ばかり抱いている磯八には、いささか気の毒だったが、このとき半四郎の意志はすでに決まっていた。

「将軍家より、この一件の探索のご下命を受け……」

半四郎は、芝居がかった口調で語りはじめた。

「不肖《ふしょう》、この服部半四郎正勲《まさこと》。伊賀の敢国《あえくに》神社の拝殿の前でぬかずき……」

敢国神社は、服部一族が祖先を祀《まつ》った伊賀国の一の宮だ。

「いっさいの私心を含まず、身を賭《と》してかならずや真実をあきらかにして、将軍家斉公に復命することを、先祖・服部半蔵正成《まさなり》公のご英霊《えいれい》に誓《ちか》ったのでござる」

本当はこのところ朝寝ばかりしていて、組屋敷の近くにある稲荷《いなり》神社すら出向いていなかったのだが、語るうちに本気になってきた。

「な、な、なんと！」

松木は目を剝《む》いた。

「つまりは、当方の申し出を、拒絶されると」

「あったりまえだろう」

すくっと立ち上がった半四郎は、爪先《つまさき》で切餅を蹴《け》り飛ばした。

「いいか、よく聞け。地頭だか地鶏《じどり》だか知らねぇが、なんでも好き放題にできると思ったら大間違いだぜ」

さっと身をかがめて、畳に蹴り転がされた切餅を拾い集めた磯八が、あいかわらず目線をきょろつかせていた。

「横車《よこぐるま》を押すなら、人を見て押すことだな。俺はたとえ百万両詰まれても、助平旗本に取り込まれるつもりは、ないってことだ」

松木は、ぜいぜいと荒い息を吐いている。磯八がため息をつきながら、手にした切餅を畳に戻した。

「八、帰るぜ。長居は無用だ」

半四郎は松木に背を向けて、襖に手をかけた。

「待たれよ。服部殿とて、本当にそれでよろしいのかな。再三再四申すが、我が主は幕閣の要職にある。旗本としての沢村家も、相応に実力《ちから》のある家でござるぞ。御身《おんみ》のためにもう一度、考えてみることだな」

松木は捨て台詞《ぜりふ》を、半四郎の背にぶつけてきた。

海に面し、河川と掘割《ほりわり》が町を縦横する深川は、普段は潮と川水の混ざった匂いがする。

今日は、川のどぶ臭さだけが、半四郎の鼻についた。

「旦那ぁ」

仲町通りを永代橋《えいたいばし》に向かって早歩きする半四郎に、磯八が泣きそうな声を出しながら追いついてきた。

「八よ、俺はどうあっても、沢村って旗本に、でっかい灸《きゅう》をすえてやる。百両ぐらいで、安く見られてたまるか」

「そんなこと言ったって、旦那の三十俵二人扶持は、金にすれば十二、三両。半四郎長屋の店賃《たなちん》だって、年に四両か五両がせいぜいでしょう。別に安く見られたわけでもありませんぜ。それに、鶴喜や丸平の板頭……ああ、駄目だ。あきらめきれないものが多すぎらぁ」

磯八は永代橋の上で、地団太《じだんだ》を踏んだ。

半四郎は、斉之助の言葉を思い返していた。

――半ちゃんは、上からの指示などなくても、自身の判断で探索を進める御庭番になってくれ。

半四郎は橋廻り同心兼任御庭番として、独自にこの一件を調べることにした。

二　幕

磯八のネタ元からの話では、助平旗本・沢村の屋敷は、神田川の東岸である神田佐久間町あたりにあるはずだった。

翌朝、半四郎と磯八は、さっそく日本橋《にほんばし》側から神田川を越え、神田佐久間町の界隈に入った。

「ええと、このあたりで沢村ってお旗本ならば、沢村角兵衛《かくべえ》さまでございましょう。お屋敷はこの先を進んで、御徒町《おかちまち》界隈に入ったあたりでございますよ」

聞き込みを開始したとたんに、沢村の下の名前がわかった。

神田の町屋が途切れて御徒町に入ると、あたりは小さな旗本や御家人《ごけにん》屋敷がびっしりと並んでいて、商家はなかった。

そのなかで周囲に抜きん出て大きいのが、沢村屋敷であった。

「さてさて、若い女が沢村さまのお屋敷に、拐かされたのでございますか。まさか、そのようなことが……」

道を歩いている商人や武家屋敷の奉公人を呼び止めて尋ねてみると、そんな声が返ってくる。

「なんといっても沢村さまは、火盗改《かとうあらため》の役頭《やくがしら》さまでございますからな」

「なにぃ、火盗改の役頭だと！」

半四郎は呆然《ぼうぜん》とした。

町奉行所と競いあって江戸の治安《ちあん》を守り、凶悪な押し込み強盗を取り締まる立場の火盗改が、領地で妾狩りをして目安箱に訴えられたとは。

「なぁ、八よ。だからこそ沢村の実父も、横車を押してまで一件を揉み消したいのだろうぜ」

「そういうことでしょうね。不肖息子の不祥事《ふしょうじ》を、なんとか世間の目から隠したいと……ああ、それにしても惜しいことをした。百両も板頭も」

磯八はまだ未練げであるが、半四郎はこうなったらなんとしても沢村を糾弾してやると、決意を新たにした。

そのためには、まず庄屋の娘がこの屋敷に囚《とら》われているかを、確かめたいところだった。大身の旗本ならば、いくつも別邸を持っているはずだ。

とにかく、娘の居所を確かめて救いだし、いかに非道な仕打ちを受けたか口書きを取る。それで、沢村を追いつめていくしかない。

半四郎と磯八は、それから夕方まで沢村屋敷の周辺に聞き込みをかけたが、娘が拐かされてきたという目撃談や噂には、行き当たらずじまいだった。

「旦那ぁ、難儀なありさまになってきましたね」

一日歩きまわって疲れた足をひきずりつつ、ふたりは浅草橋《あさくさばし》から神田川を渡った。

「そうでもないさ。野郎の屋敷は、かなり広そうだった。夜陰《やいん》にこっそりと連れ込めば、人目に触れないだろうしな。今日は日が暮れちまったが、また明日があるさ」

半四郎は、まったくへこたれていなかった。

「お元気なことですねぇ。それはそうと、もし沢村って旗本の非道の証《あかし》をつかんだとして、旦那はそれをどこに持ち込むんですかい？」

磯八にしては鋭いところを突いてきた。

町方同心としては、旗本には手を出せない。御庭番ならば、それも可能ということで乗り出したつもりの半四郎であったが、上からの正式な下命があって動いているわけではない。

沢村は黒だと動かぬ証をつかんだとして、それを誰のところへ持っていけばよいのか。

「まぁ、とりあえずは、お奉行の榊原さんに相談するしかないだろうが……そのときになって考えればいいいさ」

胸中がいささか不安になってきた半四郎は、八つ当たりのように磯八の頭を小突《こづ》いた。

南の橋詰めである浅草御門の前に降り立ったところで、

「おい、半の字じゃないか。こんなところでなにをしている」

聞き覚えのある声が耳に響いた。

「誰かと思えば京介《きょうすけ》か。ずいぶんとしけた顔だな」

意外なところで、天敵《てんてき》である定町廻《じょうまちまわ》り同心・百地《ももち》京介に出くわした。

「ちくっと調べたいことがあってな。神田川の向こうで、一日、足を棒にしていた」

「半の字、おまえはあいかわらず暇《ひま》でいい。こっちはもう、へとへとだぜ」

毒舌《どくぜつ》で絡んでくるかと思いきや、今日の京介は生気がなかった。

「火盗改の側から申し出があったんだ。それも、今朝になって急にな。それで久方ぶりに町方と火盗改が協同して、無宿人狩《むしゅくにんが》りをすることになったのだ。しんどかったぜ」

京介だけでなく、幾人かの同心や御用聞きも駆り出されたらしい。

「無宿人狩りかい、そりゃまたご苦労なことだな。この寒空に狩られるほうは、たまったもんじゃないがな」

半四郎は顔をしかめた。

無宿人とは、戸籍である人別改帳《にんべつあらためちょう》から、帳消しにされた者たちのことである。

無宿人たちの多くは、仕事にありつこうと江戸、もしくは大坂《おおさか》に集まってくる。

その取り締まりは、ひと昔前の田沼意次《たぬまおきつぐ》や松平定信《まつだいらさだのぶ》のころに盛んにおこなわれたが、最近ではあまり聞かない。

「お達しなので、こっちは必死に動きまわった。だがな、急に駆り出されても、幾人も捕まえられやしないぜ」

京介は愚痴っぽい口調で続けた。

「今朝、いきなり言われて、さっそく出張って狩ってこいなんてのは、どだい無理な注文だ。なにをするにも、相応の準備が要るものだろう」

町方と火盗改側が、あらかじめ受け持ちの地域だけは決めたという。

手始めに町方が、神田川の南側である両国《りょうごく》や内神田界隈で狩り込みをかけた。そして火盗改が、神田川の北側である本郷湯島や神田佐久間町界隈を受け持ったらしい。

「そうかい。でも変だな。俺と八は今日一日、神田側の北側を歩きまわっていたんだが、火盗改らしき連中なんて見かけなかったぜ」

半四郎は思い出すようにつぶやいた。

「そりゃそうだろうよ。俺たちばっかり真剣に歩きまわって、火盗改の奴らはろくに動かず、だらだらとしていやがったからな」

神田川をはさんで同時に動いていたので、相手側の動き方も、それとなくわかったらしい。

「それでも俺たちは、ひどい田舎訛《いなかなま》りの男らを、二十人近くはつかまえた。それなのに奴らは、大勢で寄ってたかって獲物は女ひとり。まったく、ずるけた奴らだ。自分たちが言い出しっぺのくせによ」

　京介は、憤懣《ふんまん》やるかたないという顔で吐き捨てた。

「おい、半四郎。それに……なんとか言ったな、そこの狸顔。早く八丁堀に帰って、冷え粥《がゆ》でもすすって寝たほうが無難だぞ。おまえたちの人相風体《にんそうふうてい》も、無宿人と大差ないのだからな」

　最後はやはり毒舌を発して、京介は去っていった。


　八丁堀の組屋敷に戻ってみると、斉之助が浮かない顔をしていた。

「おう、半ちゃんか」

　それでもいつものように、右手でおいでおいでをしてくる。

「真鈴が行き方知れずなのじゃ。半ちゃんに心当たりはないか？」

「真鈴が！」

　想いを寄せる女のことである。半四郎の胸も騒いだ。

「そうなのじゃ。一昨晩から戻ってこない。今夜もこのまま帰らなければ、三夜連続で部屋に戻ってこないことになる」

「そうかい……徳さんのほうには、なにか手がかりはないのか？」

「神田川の周辺で見た者がおる」

斉之助は歯切れ悪く言った。

「実はな、半ちゃんが御庭番として、旗本・沢村角兵衛の探索を命じられるはずだと、真鈴はどこからか聞きつけたらしい」

斉之助の瞳は、老人らしく薄茶色くなってきているが、不思議なほど澄んで見える。その澄んだ眼差しで、半四郎をじっと見つめてきた。

「わしも此度の探索は、半ちゃんが適任だと思うてな。真鈴は半ちゃんのために、先に調べはじめようと考えたらしいのだ。それで、神田のあたりを動きまわっていたようじゃ」

「なるほど、そういうことかい」

松木という側用人が口にしていたとおり、半四郎に御庭番としての仕事がまわってきたらしい。

もっともまだ当の本人には、誰からも指示は届いていない。

ただこれは、幕府という巨大な組織にありがちなことで、手違いで命令が滞《とどこお》っているのだろう。

「徳さん、その不良旗本の件では、俺のほうも動き出しているんだ」

「ほうほう、そうか、そうか」

斉之助は皺《しわ》ばんだ目を瞬《しばたた》かせて、喜んだ。

「もともとは素っ破抜きのネタとして、八の奴が持ち込んできたんだが、いろいろとまぁ、紆余曲折《うよきよくせつ》があってさ。その件については、今度、ゆっくりと徳さんにも話すよ。真鈴のことも任せておけ」

もう夜も更《ふ》けていた。半四郎は斉之助の身体をいたわって、背を押すようにして床につかせた。

それから庭伝いに組屋敷の居間に帰ってきた半四郎は、どかりと座った。

(真鈴が、俺のために動いてくれている)

一昨日の夕刻に見た真鈴の蒼ざめた顔が、瞼《まぶた》に浮かんだ。

市子をしている真鈴には、裏の顔がある。おそらく老中・水野出羽守あたりの密偵ではないか、と半四郎は睨《にら》んでいた。

御庭番半四郎に役目がまわってきたことも、出羽守から耳にしたのであろう。

(それにしても、なにか剣呑《けんのん》なことに巻き込まれてないといいが……)

その翌日、茎崎《くきざき》という御家人を差出人とする書付けが、半四郎のもとに届いた。

『さる大身のお旗本が、ぜひにも御庭番・服部半四郎殿に一献差し上げたいと願われている。急なことでござるが、今宵、両国の鵜匠《うしょう》まで、お運びあれかし。
公儀御家人　茎崎矢五郎《やごろう》』

極めて端的で簡略に、そう記されていた。

「さすがは御庭番のご威光だ。このところ、お呼ばれが多いや」

磯八は無邪気《むじゃき》にはしゃいでいる。

「勘違いするなよ、八。鵜匠はたしか鳥鍋屋《とりなべや》だ、呼出し女郎は来ないぜ。それでもついてくるかい」

磯八は夢中で、首を縦に振ってきた。

両国橋の東西に広がる盛り場は、浅草の奥山《おくやま》と同じほど賑《にぎ》わっている。広小路《ひろこうじ》と呼ばれる西詰めは、比較的上品な店や見世物《みせもの》小屋が多く、向両国と通称される東詰めは、安い店や怪しげな見世物小屋が集まっている。

鳥鍋の鵜匠は、西詰めの柳橋《やなぎばし》寄りにあった。

「よう来てくだされた」

わざわざ店の前で待っていた茎崎は、凄《すご》みのある顔をした御家人だった。刀傷で、右の眉《まゆ》が真っぷたつに分かれてしまっている。

坪庭《つぼにわ》に面した、小さいがきれいな座敷に通された。

螺鈿細工《らでんざいく》がほどこされた卓袱台《しっぽくだい》には、叩きにされた鴨肉《かもにく》が皿に盛られ、鶉《うずら》の網《あみ》焼《や》きの支度も整えられていた。

「今宵、服部殿をお招きになったお方は、お名乗りになられますまい」

対面に座った茎崎、開口一番でそう発した。

いきなり、小癪《こしゃく》な物言いに思えた。半四郎は両眼を薄く閉じた。

「ご立腹は、ごもっとも。されど、貴殿をお招きしたのは、相応に身分のあるお方と思っていただきたい」

茎崎は半身を卓袱台の上に乗り出し、半四郎の耳元で、押し殺した声でそう告げてきた。

（ふん、はなっから脅《おど》しかい）

半四郎はもうそれだけで、これから現れる旗本の言うことに、聞く耳は持つまいと決意した。

見当はとうについていたが、今日のお呼ばれも、先日来の沢村角兵衛の件絡みに違いない。

沢村の屋敷周辺の探索は、手詰まっていた。今日は敵と対峙《たいじ》することによって、あらたな種を得ようと、出張ってきたのだ。

「待たせたの」

少し遅れて座敷に現れた武士は、白無垢《しろむく》の小袖に黒羽《くろは》二重《ぶたえ》の羽織《はおり》。

なるほど、身分の高そうな身形《みなり》をしていた。

身形に金をかけるのは勝手だ。気に食わない、というより無礼千万《ぶれいせんばん》なのは、対座したのに宗十郎頭巾《そうじゅうろうずきん》を取らないままでいることだった。

目と鼻だけ頭巾からのぞかせているが、ぬるぬると光る気色《きしょく》の悪い目だった。

互いに黙視《もくし》しあったまま、しばしの時が流れた。

武士は痺《しび》れを切らしたらしく、まずは一献、と半四郎の杯に酌をしながら、

「武州《ぶしゅう》無宿で真鈴という女を知っておるか」

と、いきなり切り出してきた。

半四郎は内心で激しく動揺した。

「その女、火盗改の無宿人狩りにひっかかったそうでな。それで本人は、住まいは八丁堀の半四郎長屋だと、言い張っているそうだ」

半四郎は注《そそ》がれた杯に口をつけず、面前の男に浴びせかけてやろうかと迷っていた。

「歴とした町方の同心で、御庭番も兼ねている服部殿が、まさか無宿の女を組屋敷の長屋に住まわしているとは考えにくいのじゃがな。万が一と思って、来てもらった」

武士は、目許だけをのぞかした頭巾の下で笑った。

「真鈴なら、たしかに俺の長屋にいる。俺と取り引きしたいのなら、端的に言うがいいぜ」

半四郎は杯を置き、怒りを抑えてそう返した。もう少し、この宗十郎頭巾にしゃべらせておこうと考えたのだ。

「取り引き……なんの話だ。わしのほうで、お手前に取り引きを持ちかけるつもりなどない。服部よ、自分でよく考えて動くことだ。さすれば、その女も佐渡金《さどきん》山《ざん》に送られることはあるまい」

半四郎は総身《そうみ》が震える思いがした。

愛刀《あいとう》・古伊賀《ふるいが》乗村《のりむら》は、如才《じょさい》ない口調で女将《おかみ》にすすめられ、店に預けてしまった。脇差《わきざし》の飯富寅次《おぶとらじ》で、許しがたいことをうそぶき続ける男の喉笛《のどぶえ》を、裂き斬《き》ってやろうかと、本気で考えていた。

「知ってのとおり、狩られた無宿人は佐渡金山に送られ、鉱山《こうざん》掘りの過酷《かこく》な仕事を強《し》いられる。肺を犯す毒霧《どくぎり》が充満しておってな。胸をやられて、まぁもって数年であろう。それで衰弱死《すいじゃくし》する」

半四郎は、じっと茎崎の様子をうかがった。この男は、大刀を店にあずけていなかった。

武家のならいで、刀は自分の右手に置くものだが、茎崎は利き腕で抜き打てるように、左腰脇にひきつけていた。これでは、宗十郎頭巾の声を封じるのと引き換えに、こちらは首を飛ばされてしまう。

「わしは帰るが、服部よ、おまえは勘定のことなど気にせずにゆっくりと飲んでいけ。それで、どうしたら自分と真鈴のためによいのか、よおっく考えることだ」

旗本はさらに捨て台詞を吐いた。

「この茎崎は、新派武衛流《ぶえいりゅう》の遣い手。わしの手元には、似たような剣客がごろごろしておる。よいか、服部。無駄なあがきはしないのが利口だぞ」

宗十郎頭巾は袴《はかま》の塵《ちり》を払って、立ち上がった。

豪勢な料理には、誰も箸《はし》をつけていない。

三途《さんず》の川《かわ》の渡し船でも大飯を食らうであろう磯八も、場の殺気にのまれたのか、ただ顎《あご》をわななかせている。

「御前の家は、当節のお旗本には珍しいほど、内福《ないふく》でござる。そのうえに、気前がよい。五十や百は、望めるのではないかな」

座したまま低頭して、茎崎は宗十郎頭巾を見送った。

「ひゃ、百両……」

百両と聞いて生気が戻ったのか、宗十郎頭巾が去って緊張がゆるんだのか、磯八は箸を伸ばし、付け醬油《しょうゆ》にびちゃびちゃとひたしつつ、鴨肉の叩きを貪《むさぼ》り食いはじめた。

「心が決まったならば、ここに繫《つな》ぎを入れて正式な返答をくれ。拙者が取り次ぎをする」

茎崎は勝手に名札を置き、去っていった。

三　幕

御庭番として横車に屈《くっ》しなかった半四郎に、敵は新たな揺さぶり、いや、脅しをかけてきた。

(宗十郎頭巾の男……なんのことはない。あいつが、沢村角兵衛だろうぜ)

沢村がどんな男なのか、半四郎は確かめてみたくなった。

ここは自分ひとりで突っ走らず、少しは他人《ひと》の意見を聞いてみるのもいいかもしれない。

「おい、文太郎さん。火盗改について教えてくれ」

二度目の横車を押された翌朝、半四郎は町奉行所に行き、上司の佐藤文太郎をつかまえた。

「今の役頭は、沢村角兵衛って野郎だよな」

「そうだったかな……興味がないから、はっきり覚えていないな」

文太郎と半四郎は、ある意味、似た者同士だ。なので気は合うのだが、こういう場合はなんとも頼りない。

「それに、火盗改の役頭って増えたり減ったりするし、ちょこちょこ変わるだろう。どれ、武鑑《ぶかん》を繰《く》ってみるか」

火盗改の役頭は、時季により増減する。春がまだ浅く火事の多い季節である今は、四人いるはずであった。

文太郎は奉行所に置いてある、新しい武鑑を繰ってくれた。

「いたいた。たしかに、火盗改加役《かやく》・沢村角兵衛とあるぞ」

加役は助役《すけやく》ともいい、火事の多発する季節にだけ任命される。

「聞いたところでは、本役よりも加役のほうが必死に働くらしいがな。ほら、百地京介が命じられた無宿人狩り……あれを持ち込んできたのも、この沢村角兵衛かもしれんな」

「こっちは、その沢村ってやつに用があってな」

半四郎はがりがりと歯嚙みした。

「あの野郎は、俺に飴《あめ》をしゃぶらせようとした。俺が飴を吐き出してみせたら、今度はわざわざ無宿人狩りを催《もよお》し、真鈴に手を出しやがった」

激しい炎《ほむら》のような怒りが、むらむらと半四郎の胸中にこみあげる。

「おい、どうした、半四郎。なんの話だ、なにをぶつぶつ言っている？」

「いや、こっちの話だ。それより聞きたいことがある。火盗改の連中は、捕まえた無宿人を、どこに閉じ込めておくんだい？」

佐渡送りにする前に、一時的にせよ勾留《こうりゅう》しておく場所があるはずだった。

「少し待っていてくれ」

文太郎は橋廻り部屋を飛び出していった。根は親切な男で、他の与力同心に聞きにいってくれたのだ。

「わかったぞ」

さして間を置かず戻ってきた文太郎は、得意顔で語り出した。

「おそらくだが、茅場町《かやばちょう》の大番屋《おおばんや》か、どこかの調番屋《しらべばんや》に留め置かれているはずだ。というのもな……」

火盗改には、町奉行所のような決まった役所もないし、取調べをする番屋もない。また、小伝馬町《こでんまちょう》のような牢屋敷も持っていない。

これが押し込み強盗などであれば、役頭の屋敷で拷問《ごうもん》にかけて罪を白状させ、自分たちの手で調書を作り、実績とする。

そして、あとは任せたとばかり、町奉行所の管轄である牢屋敷に送り込んできて、おしまいにするわけである。

「しかしな、無宿人に取り調べは要らぬ。どうせ佐渡送りと、決まっているわけだからな」

だから、火盗改の連中は、狩ってきた頭数だけを記帳して、さっさとこちら側に引き渡しているはずだ。文太郎は、そう語った。

「そうかい、なるほどな。ありがとよ。ああ、それから……」

半四郎には、もうひとつ不可解なことがあった。

磯八はこの一件を、素っ破抜きネタとして、賭場に出入りしている人間から仕入れてきたはず。

その旗本が沢村角兵衛であったわけだが、歴とした火盗改役頭である沢村屋敷で、賭場など開かれるものであろうか。

「そうは思わないかい、文太郎さん。曲がりなりにも、悪党を取り締まるお役目だぜ。賭場に出入りするような連中が、おっかない火盗改の屋敷に、博打をしに集まってくるかね」

「半四郎、おまえ……」

文太郎は、こらえきれないという顔で吹き出した。

「一端《いっぱし》の世間通のような素振《そぶ》りをしているが、まだまだ青いな。いいか、よく考えてみろ。賭場を仕切る人間にとって、いちばん安全なのは、火盗改の屋敷で開盆することだ。万が一にも、町方に踏み込まれることがないからな」

「そんなことってあるのかい……」

半四郎は唖然《あぜん》とした。

「それに、火盗改の役頭は、町奉行と違ってあまりうまみがないらしいからな。いろいろと裏側で、金を稼ぐ必要があるのだろうよ」

そこは半四郎も知っている。

実際のところ町奉行所には、さまざまな副収入が入る。

たとえば、罪を犯した商家の建物などは、町奉行所の預かりとなった。

町奉行所はそれらの物件を賃貸に出し、結構な店賃収入を得ている。

そうした町奉行所名義の物件は江戸のそこいらにあり、奉行以下のお偉方にとっては、ありがたい副収入となっているのだ。

それに比べ、たしかに火盗改には役得が少ないだろう。

「だから、火盗改の屋敷で賭場を開くのは、大目に見られているってことか」

「そうだ。火盗改《あちら》は、凶悪な連中相手に身体を張らされているからな。賭場で得た寺銭《てらせん》は、火盗改同心の慰労《いろう》にもまわされているんだろう」

文太郎は、他人事《ひとごと》のような顔でつぶやいた。

「なぁ、敬愛すべき上司の文太郎さんに、ひとつ頼みがある」

「な、なんだ半四郎。過大なことを期待されちゃ、困るぞ」

真剣な眼差しを向けられただけで、文太郎は、たちまち浮き足だった。

「つい一昨日のことだ。神田川の東側で、無宿人扱いされて捕まった女がいる。まだ二十代の若い女だ」

「そ、それって、もしかしておまえの長屋にいる、あの美形のことか」

文太郎はすぐに勘繰《かんぐ》ってきた。

「よけいなことは聞かなくていい。とにかくその女が、どこの番屋に留め置かれているか、廻り方の連中に確かめてくれないか」

「やれと言われればやるが……なぜ、自分でやらんのだ。手先の狸と分担すれば、ひと晩でまわれるだろう」

「俺もそうしたいが、ほかにも仕事があるんだ」

庄屋の娘・お志麻も、助け出さなくてはならない。

「ううむ、半四郎……たとえ、留め置かれた場所がわかっても、その先は俺でもどうにもならんぞ。火盗改が狩ってきたのだから、解放するには、火盗改に仁義《じんぎ》を切らないとな。そういう折衝は、俺のもっとも苦手とするところだ」

そんなことは、言われなくてもわかっていた。

とにかく頼む、と言い残し、半四郎は橋廻り部屋を出ていった。

(どいつもこいつも腐《くさ》っていやがる)

半四郎は激しく憤《いきどお》りながら、組屋敷に戻ってきた。

（まぁ、俺も、人をとやかく言える立場ではないがな）

庄屋の娘のお志麻のことも心配だが、まずは真鈴を助けたい。それが半四郎のいつわらざる本心であった。

（こうなったら証《あかし》もなにもない。今夜にでも沢村の屋敷に踏み込んでやる）

そう考えていると、斉之助がまた、庭先から手招きしてきた。

「その後、なにかわかったか？」

「徳さん……真鈴は無宿人狩りにあっちまった」

そのひと言で、血色のいい斉之助の頬《ほお》が、すっと蒼白くなった。

「というのも、俺が横柄《おうへい》な奴らから横車を押されて、思わずかっとなっちまったからなんだ。あんなに突っ張らなきゃ、よかったのかもしれない」

半四郎は弱気をのぞかせながら、沢村角兵衛にかかわる経緯《いきさつ》を、あますところなく、斉之助に語った。

聞くうちに、好々爺然《こうこうやぜん》とした斉之助の顔がゆがんだ。

「いや、横車をはねつけた半ちゃんは間違っていない。その意気あってこその半ちゃんだ。真鈴のことは、これから手を尽くして助け出せばよい」

斉之助は、半四郎の肩に手を置いた。

「徳さん、俺は御庭番なんて、格好のいい役目は似合わない。お志麻という娘より先に、とにかく真鈴を救いたいんだ」

「半ちゃんは立派な御庭番だ。そして御庭番の仕事に、私情をはさんではいかん」

真顔で訴える半四郎に、斉之助は静かに首を振った。

「そのお志麻という娘が、沢村の屋敷に拐かされているのであれば、半ちゃんはまず屋敷を探れ。御庭番なのじゃ。堂々と乗り込んでいけ」

斉之助は歯切れがよかった。

「わしがその間に、沢村の実父だという幕閣の大立て者が誰なのか、出羽に言って探っておく。なぁに、大立て者だか親馬鹿者だか知らぬが、そこらの有象無象《うぞうむぞう》であろう。恐れることなどない」

老中である水野出羽守と斉之助に、かかわりがあることは知っていた。

「真鈴のことは任せておけ。半ちゃんは心置きなく、御庭番としての役目を果たすのだ」

斉之助に励まされ、半四郎の覚悟が決まった。

ぼんやりと暇をもてあましていた磯八を連れ出し、さっそく沢村の屋敷に乗り込んでみることにした。

浅草橋を渡りながら、半四郎はふと気がついた。

まずは、娘のお志麻を拐かされた名主の津右衛門から、事情を聞いておくべきであろう。

半四郎は神田川の上で、くるりと身を反転させた。

「素っ破抜きなら手馴《てな》れたもんで、すいすいとことを運ぶのに、御庭番の仕事は、どうにもちぐはぐになりますね」

磯八が、からかうように言う。

「違いねえ。ただ幸い、津右衛門の居場所は手繰《たぐ》りやすいぜ。たぶん、このすぐ近くの馬喰町《ばくろちょう》だ」

馬喰町は浅草橋の南詰めから、目と鼻の先にある。

地方から公事訴訟《くじそしょう》で江戸にのぼってくる百姓や町人は、馬喰町周辺の公事宿《やど》に滞在する。何々藩の者ならば、何々屋というように、出てきた国や藩によって、泊まる公事宿もだいたい決まっていた。

沢村の知行地は、相模国《さがみのくに》にあった。それで相州屋《そうしゅうや》と鎌倉屋《かまくらや》の二軒にあたりをつけて出向いてみると、はたして一軒目の相州屋で見つけた。

「邪魔するぜ。俺は北の橋廻り同心で、服部半四郎だ」

将軍直属の御庭番も兼任している……そう名乗るのも長たらしいし、おこがましい気がして、半四郎は簡略に告げた。

津右衛門は、若い男と一緒に、首を大きくかしげて弱りきっている。

「沢村角兵衛の非道は、俺も腹に据《す》えかねていてな。なんとか、娘さんを助けてやりたいんだ」

今までの経緯を手短に説明すると、津右衛門はおろおろとした様子で、半四郎にとりすがってきた。

「娘のお志麻は、二十日ばかり前に、村から拐かされたのでございます」

ときどき嗚咽《おえつ》しながら、津右衛門は事情を語り出した。

「いかに地頭さまとはいえ、泣き寝入りをするわけにはまいりません。お志麻は、ここにおる浅吉《あさきち》と、夫婦《めおと》になる約束を交わしているのでございます」

一緒にいた若い男が、浅吉であった。江戸者で、志麻のまた従兄弟《いとこ》にあたり、幼馴染《おさななじ》みでもあるという。

「それで、急ぎ江戸にのぼってきたのですが、頼りにしていたもうひとりの地頭さまからは、当家にはかかわりなきこと、などと、はねつけられてしまい……」

そのうちに、沢村家から用人がやってきて、

『お志麻は、沢村家に行儀見習いに入ったものと思え。これ以上騒ぎたてると、ためにならぬぞ』

と、無理やり因果《いんが》を含めさせられた。

そして、奉公の支度金として一両を置いていったという。

「……服部さま、なにとぞ、なにとぞ、お志麻をお助けくださいまし」

浅吉が、ひきつりそうな声で願ってきた。その目には、強く訴えるものがあった。

「ならば聞くが、お志麻さんがもし助平旗本に傷物にされていたとしても、おまえの気持ちは変わらないのだな？」

浅吉は、がくがくと首を縦に振った。

（本当に変わらずにいられるものだろうか）

そんな思いも胸をよぎったが、本人が変わらないと言っている以上は、信じてみるしかない。

「行儀見習いと言っておきながら、娘には会わしてもくれないのです。たった一両で娘を奪われた手前の苦衷《くちゆう》を、お察しくださいませ」

泣いて畳にくずおれる津右衛門を、磯八と一緒に励まし、半四郎は沢村角兵衛の周辺のことを聞き出そうとした。

津右衛門が、ぽつぽつと語りはじめた。

沢村角兵衛は、もとから身持ちの悪い旗本で、これまでにもしばしば無理難題を押しつけてきた。

自堕落《じだらく》な男だが出世欲だけは強く、そのために、江戸で指折りの木綿問屋である真岡《もおか》屋の娘を後妻に入れたらしい。

「沢村さまは奥方の持参金をもとにして、火盗改役頭の座を得たのでございます。大きな声では申せませんが、破落戸《ごろつき》が破落戸を取り締まれるものかと、沢村さまを知る人たちは眉をひそめておりました」

領主であるため、当然のこと、津右衛門は沢村家についてくわしかった。

「それにしたって、いくら金を積んだのか知らねぇが、よくそんな不良旗本が火盗改の職に就けたもんだぜ」

「奥さまの実家の財力は、並大抵《なみたいてい》のものではございません。ご老中首座である水野出羽守さまのお屋敷に、千両箱をいくつも持ち込んだそうでございます」

斉之助がよく口にする、賄賂《わいろ》好き老中の名が出た。

「その奥さまってのも、よく我慢しているもんだな。金の面倒を見させられたうえに、亭主《ていしゅ》は浮気放題なのだろう」

「沢村さまと真岡屋さんは、持ちつ持たれつなのでございますよ。真岡屋さんは、公儀の御用達《ごようたし》の座を狙《ねら》っておりまして、沢村さまを頼りにしています。それでお船《ふね》さまも、我慢をなされておいでなのでしょう」

お船という奥方は、要は政略のために、沢村と夫婦になったのだろう。

「それで、そのお船って奥方は、どんな人なんだい？」

半四郎は、ふと興味を抱いて問うてみた。

「気丈で、よくできた奥方さまでございますよ。ご亭主の女出入りは、とうにあきらめておられ、家中の者などによく気をかけておいでです。あの沢村さまにはもったいないほどの奥方さまだと、評判です」

美人ではないが、相当な出来物らしい。

「ふうん、たしかに悪党旗本には、もったいねぇな」

「そんな悪党旗本に、手前の娘は連れ去られたのでございます。こんな理不尽《りふじん》があってよいのでございましょうか」

老《お》いた父親である津右衛門の嘆《なげ》きは、止まらなかった。

「さて、どうします。神田川を渡って、いよいよ沢村屋敷に乗り込みますか」

人馬の往来の激しい馬喰町の四辻《よつつじ》で、磯八が問うてきた。

「いや、やっぱり昼間は、避けるべきだろうぜ」

半四郎は顎を撫《な》でながら思案した。

斉之助には、堂々と乗り込んでいけと言われたが、半四郎は、茎崎矢五郎の凄《すご》みのある風貌《ふうぼう》を思い起こしていた。

それでなくとも、火盗改の連中は荒事《あらごと》に慣れている。手練《てだ》れがごろごろいるという沢村の言は、はったりとは思えなかった。

半四郎とて、決して臆するものではないが、火盗改役頭の屋敷で、御庭番が刀を振りまわすのは、さすがにまずかろう。

このところ動きっぱなしで、疲れてもいた。

一度、組屋敷に戻り仮眠をとって、夜陰を待ってこっそりと乗り込む……。

この策が無難であろう。

八丁堀の屋敷に戻ると、日が傾きはじめていた。

「おう、半ちゃん、戻ったか」

斉之助が待ちかねたように語りかけてきた。

「空き部屋に、お茶を持っていってあげる。八の好きな米饅頭《よねまんじゆう》もあるよ」

世話好きの里江も、そう声をかけてくれた。

米饅頭は一個四文。贈答用《ぞうとうよう》の上菓子《じようがし》にはほど遠いが、駄菓子《だがし》と呼ばれる一文菓子よりは、ずっと美味《うま》い。

「無宿人狩りで、狩り出された者らは、江戸中の大番屋や調番屋に分けて収容されておるらしい。そのなかに真鈴がおるかどうか、出歯に調べさせておる」

半四郎は安堵《あんど》のため息をついた。老中が動いているのであれば、少しは真鈴の安全も保障されるかもしれない。

「それから、沢村の実父とされる幕閣の大物のことなのじゃが……」

斉之助は鯰髭《なまずひげ》をしごきながら、言いよどんだ。

「皆目《かいもく》、見当がつかずじまいであった。出歯にも『もしや、おぬしではあるまいな』と問いつめたのだが……天地神明《てんちしんめい》に誓って違うと言い張る。かといって、他の老中には、それらしき者はおらんしの」

ならば、最初に半四郎を誘い出した松木なる人物は、いったい誰の側用人であったのだろうか。

四　幕

「なぁ、徳さん。俺としてはもうひとつ手を打っておきたいんだがな」

里江が淹《い》れてくれた茶をすすりながら、半四郎は手のうちを斉之助に明かした。

「うむ、それは入念な策じゃ」

斉之助は大きくうなずいた。

うなずき返した半四郎は、半紙にさらさらと筆を走らせ、意外に器用な手つきで結び文にした。

「八、いよいよ沢村のところへ乗り込むぜ。その前に一軒、寄り道するがな」

「おっと合点、寄り道先は湯島ですね」

半四郎の筆先をのぞき込んでいた磯八は、にっかりと笑った。仮眠はできなかったが、米饅頭を三つ食った磯八は元気いっぱいである。

すっかりと暮れきった湯島切り通し坂をのぼり、茎崎が置いていった名札の場所に行ってみた。

そこは、湯島にある新派武衛流の道場であった。

新派武衛流とはあまり聞かない名だが、近所の住人に聞いてみると、投げ縄、捕り縄を得意とする流派であり、門人には浪人《ろうにん》が多いらしい。

その捕縛術を買われて、火盗改の捕り物の応援にでも雇われているのだろう。

「茎崎さまもご浪人で、道場の師範代です」

「御家人ではないのかい」

「さぁ、仕官されたとは聞いていませんが」

しょっちゅう道場に酒を配達にいくという酒屋の親仁《おやじ》と、そんな言葉のやりとりがあった。

「それ」

半四郎は結び文を、道場の玄関に投げ込んだ。

『先日の件は、あと幾日か考えさせてくれ。それから、五十なのか百なのか、はっきりとした金額を教えてくれ』

そう記した結び文である。

「小技のめくらましだが、少しは功《こう》を奏《そう》してくれるといいがな」

とにもかくにも、真鈴の身が案じられた。

なにしろ、あの美形である。真鈴を捕縛した火盗改の同心や、番屋の小者《こもの》などが、むらむらっときて、邪《よこしま》なおこないにでないとも限らない。

服部半四郎は籠絡《ろうらく》できるかもしれない……そう彼奴《きやつ》らに思わせておくために、心にもないことを書いた結び文である。

（今日、これから、お志麻を助け出せたとして、顔さえ見られなければ、あの結び文が活《い》きる。よもや俺の仕業とは思われまい。捕えられている真鈴に、とばっちりがいかなくとも済む）

斉之助はああ見えて、幕閣のお偉方にも知己《ちき》が多いようだ。

その斉之助の力で、どこかの番屋にいる真鈴を見つけ、無事に解き放たれるまでの時間稼ぎ……それが、結び文を書いた半四郎の思惑であった。

すでに夜半に近かった。北の片隅《かたすみ》にある吉原《よしわら》が不夜城《ふやじよう》のように輝いているほかは、江戸は漆黒《しつこく》の闇にとざされていた。

沢村屋敷は面前にある。

半四郎と磯八は、お志麻の許婚《いいなずけ》である浅吉を伴っていた。

お志麻の顔を知らない半四郎たちに、浅吉が同行を申し出てくれたのだ。

「なぁ八よ、この屋敷には、お志麻さん以外にも拐かされてきた娘がいるかもしれないな」

半四郎は、沢村屋敷の長屋門を見据えながらそう語りかけた。

「うっぷ、そうですね、うっぷ」

げっぷをしながら、磯八が返してくる。

磯八は腹ごしらえと称して、夜鳴《よな》き蕎麦屋《そばや》のはしごをしていた。ついでに店の親仁や夜鷹《よたか》たちに二八蕎麦をおごり、沢村屋敷について聞いてまわったのだ。

――そういえば、さっき食いにきた火消しの兄《あに》いが、二日前の夜、御徒町の旗本屋敷に女が連れ込まれるのを見たと言ってたな。

――あたいの客も、そんなことを言っていた。夜目にも美しい女で、あたいとは大違いだなんて抜かしやがってさ。

はたして、そんな証言を得ることができた。

「なぁ、浅吉よ。お志麻さんが拐かされたのは、二十日前だったたな?」

半四郎の問いに、浅吉が、こっくりとうなずいた。

「またどこからか、別の女を拐かしてきたということか……まぁいい、とにかく乗り込むしかない」

沢村は千二百石取りの旗本なので、屋敷は千坪以上ある。

蕎麦の食いすぎで動きが鈍くなった磯八は、置いていくことにした。磯八に尻を押させて、半四郎と浅吉は、沢村屋敷の塀《へい》を乗り越えた。

これまでにも半四郎は、真鈴の後ろについて、他人の屋敷に入ったことがある。浅吉も痩身《そうしん》で身が軽かったので、一緒に天井裏に忍び込めた。

旗本屋敷の構造は、どこも似ている。客を迎えたり家臣が詰めている表向き。妻子が住む奥向き。そして、表と奥の間に主人が日常を過ごす棟がある。

表向きには、用心棒のような人相の悪い浪人者が、七、八人いた。

その他に、真っ当そうな家来衆も詰めている。

半四郎たちは、猫足で奥向きに進んだ。

女の香がする部屋を、しらみ潰しにのぞき込んでみる。

なかには美形もいたが、浅吉はそのつど首を振った。

「お志麻はもっと美人です」

「あんな下品な厚化粧はしていません」

半四郎は耳元でうんざりするほど、のろけの類《たぐい》を聞かされた。

「手前の許婚は小柄で可憐《かれん》で、泣きぼくろのある娘です。逢い引きのときに向こうからやってくると、薄紫色《うすむらさきいろ》の野菊《のぎく》の花が揺れているように見えました」

耳元でそんなことをささやかれつつ、半四郎は次々と天井板をずらし、下に目を落としていった。

最後にのぞいたのは、暗い納戸《なんど》のような部屋だった。

目を見張った。

真鈴がいた。幽閉《ゆうへい》されていたのは、お志麻ではなく真鈴だった。

番屋に囚われているはずの真鈴が、どうして沢村の屋敷に……。

いや、考えてみれば、ありえることだった。助平火盗改の沢村は、真鈴の美貌《びぼう》に目をとめて、屋敷に連れ帰ったのだろう。

真鈴の五感も鋭い。頭上のかすかな音を耳にとめて、目が合った。真鈴はかすかに首を振った。見張りがいるらしい。

『心配はいりません』

驚いた。半四郎も会得《えとく》している伊賀忍者の読唇術《どくしんじゅつ》を使って、真鈴は語りかけてきた。

『すぐに助けに下りていく』

半四郎も唇だけ動かしてそう応じたが、

『目の前に、見張りがいます。それよりも』

拐かされてきた娘、つまりはお志麻が、この屋敷にいる様子はない、と真鈴は伝えてきた。

志麻だけではなく、沢村にはほかにも大勢の妾がいると思われるが、ここではなく別の場所で囲われているらしい。

あたしは大丈夫です、すぐに別の居場所を探してください、と真鈴は語った。

半四郎は、亡父《ぼうふ》の半次郎から、読唇術の手ほどきを受けた。互いに耳をふさぎあいながら、言葉を交わす鍛錬《たんれん》をしたのだ。

といっても、唇の動きだけでは、読み取れる言葉はせいぜい二割程度。相手の目の色や動き、眉や頬の動きをあわせて読み取れば、会話は成り立つ。

そしてなにより、心が通った相手ならば、言葉にせずとも思いを伝えあうことができる。

「おい、なにをしている」

男の声がした。見張りが怪訝《けげん》に思ったらしい。

すぐに下りていって助けたい……大勢と斬り結びつつ、血路《けつろ》を開いて突破しよう。天井板を大きくずらし、身を落とそうとしたが、浅吉に腕をつかまれた。

廊下を、ばたばたと走る物音が響いてきた。

「下りていっても、牢屋の中ですよ」

浅吉は押し殺した声で言った。

「下りるのは簡単ですが、のぼるときにやられてしまいませんか」

「あいにく、俺も真鈴も、身は軽いほうだぜ」

踏み出そうとしたとたん、

「半四郎さま」

真鈴が険《けわ》しい目で、首を振った。

半四郎は断腸《だんちょう》の思いで、天井板をもとに戻した。

五　幕

真鈴は大丈夫だろうか……。

天井裏を歩きながら、悪い予感ばかりが、半四郎の脳裏《のうり》に浮かんだ。それでつい、猫足の足使いがおろそかになり、天井裏で足音を立ててしまった。

「曲者《くせもの》！」

下から鋭く甲高《かんだか》い声が響いた。

ぶさりと、薙刀《なぎなた》の刃先が天井板を貫き、浅吉の股間《こかん》の下三寸まで迫った。

「ひぇ」

浅吉は悲鳴をあげてどすんと尻餅をつき、その勢いでばきんと、天井板が抜けた。

浅吉の鼻先に薙刀の穂先を突きつけていたのは、白綸子《しろりんず》の着物に鉢巻《はちま》きをつけた武家の妻女《さいじょ》であった。

「もしかして、ここの奥方のお船さんかい？」

半四郎も天井裏から、身を躍らせた。

妻女は黙ってうなずいた。三十絡みの、なるほど美形ではないが、色白で目に力がある女だった。

お船は、半四郎の顔をしげしげと見つめてきた。

正眼《せいがん》に構えた薙刀は、ぴくりとも動かない。とはいえ、さほど険しい顔つきではなかった。

「俺は、北の橋廻り同心で御庭番の服部半四郎だ。今夜は、お志麻を探し出しにきた。ここに拐かされてきた、庄屋の娘だ」

半四郎は堂々と名乗りをあげた。

「それからもうひとり。市子をしている真鈴は、俺の長屋の住人だ。無宿者なんかじゃないぜ。こっちも引き渡してもらいたい」

庄屋の津右衛門からは、筋の通った奥方だと聞かされている。

半四郎は、まっすぐに要件を告げた。

「同心……で……御庭番」

お船はしきりに小首をひねっていたが、ややあって意を決したように大きくうなずいた。

「ようやくと当屋敷に探索の手が伸びましたか。待ちわびておりましたぞ」

お船は薙刀を引いた。

「沢村角兵衛の妻にて、お船でございます」

半四郎に向けて、丁重な拝礼をした。

「御庭番といえば、当家と同じ旗本が就《つ》くお役目。将軍さまの耳目《じもく》とお聞きいたしまする。ご無礼をいたしました」

「いや、なにもそんなに、ご丁寧《ていねい》に挨拶《あいさつ》いただかなくても」

戸惑う半四郎に、お船は言葉を重ねた。

「お探しの庄屋の娘は、たしかに我が亭主が、拐かしも同然に当屋敷につれてまいった娘。ですが、今はここにおりません」

「ええ！　いないんですか」

浅吉の声がうわずった。

「我が主人はこれまでにも、理不尽な手口で人さまの娘御《むすめご》に手を出してまいりました。なのでわたくしの手で、別所に送り出すことにしたのでございます」

意表をつく言葉が、お船の口からもれた。

「それって、あなたがご亭主の非道を見かねて、尻拭《しりぬぐ》いをしてきたってことか？」

お船は目を落とした。

「悋気《やきもち》もあってしていたことです。わたしを後妻に迎え、あまつさえ実家から大枚の金銀を引き出しながら、次々と新しい女子《おなご》を漁《あさ》る……沢村の行状に我慢がならなかったのでございます」

「なるほど、そういう仔細《しさい》だったのですか」

半四郎は、お船に通じあうものを感じた。

「せっかくの獲物を、奥方であるあなたに取りあげられて、助平旗本……じゃなくてご主人は、さぞや憤慨《ふんがい》をなされたことでしょうな」

「はい、それはもう。けれど主人は、今も月々の手当てを、私の実家から受け取っております。そうした手前もありまして……」

お船は目を伏せたまま、自嘲《じちよう》するようにもらした。

商家でも大店《おおだな》になれば、たいていは寮を郊外にかまえている。お船が女たちを退避させた場所は、真岡屋の寮ではないか。半四郎は、そんな見当をつけた。

「お船さま。さっき口にした真鈴というのは、本当に拙者の長屋の住人なのです。無宿者ではない」

半四郎は、つとめて平静にそう発した。

「ああ、あの人のことも、この屋敷から出して差し上げようと思いました。けれど、主人の執着《しゆうちやく》が尋常ではなく、わたくしの手が及ばないよう、座敷牢に入れてしまったのです。そして、腹心の家臣を見張りにつけました」

語りながら、お船は、はっと顔をあげた。

「そうか、あの女子は、服部殿の想い人か」

いきなり言い当てられて、半四郎は顔を赤くした。

「服部殿にお願いがございます」

顔をあげたばかりのお船が、低頭した。

「女たちは、わたしの実家の寮にいます。場所は、浅草の浅草寺《せんそうじ》裏手の千束村《せんぞくむら》。公儀のお力で一刻も早く、女たちを親のもとに返してやってください」

お船の依頼に、半四郎は得たりとばかりにうなずいた。右手にたずさえた愛刀古伊賀乗村を、ひと撫でする。

「服部殿、お気をつけくだされ。女たちを奪い返そうと、沢村配下の手練れたちが、寮の近くを見張っているかもしれません」

お船が案じるようにそう教えてくれたが、半四郎とて五人や十人なら、ひとりで相手をするつもりである。

「真鈴殿のことは、わたしにお任せください。服部殿がお迎えにこられるまで、わたしが座敷牢の前に起居《ききょ》し、沢村には指一本触れさせません」

お船が頼もしげにそう告げたとき、ばたばたと警護の侍たちが駆けつけてきた。

「やや、曲者め、このようなところに……奥方さま、大事ございませんか？」
五、六人集まってきたなかで年かさの武士が、ひきつった声を発した。
「ここはよい。大丈夫です」

「そうは申されても、そやつは曲者でしょう」

年かさの武士は、お船の身を心底案じているようだった。

「本当に大丈夫じゃ、下がりやれ」

お船の一喝《いっかつ》に、武士は威《い》に打たれたように一礼して、左右の者らと引き下がりかけた。

「ああ、待ってたもれ。このことを、殿さまに知らせてはならぬ。殿さまが連れてきた浪人どもにもじゃ」

お船がそう釘《くぎ》を刺すと、武士たちはふたたび深々と頭をさげた。


お船は、よほど沢村屋敷で人心を得ているのだろう。

半四郎は、ひたすら感心した。

「あの真鈴という女子。わたくしも気が強いほうですが、あの人もなかなかです。これは、気を許した奥の者から聞いたのですが……」

武士たちが去ると、お船は半四郎の胸がざわめくようなことを口にした。

手を伸ばそうとした沢村に、真鈴は『一指でも触れたら、舌を嚙む』と眦《まなじり》を決して睨み返したという。

その目線に本気を感じ取った沢村は、手を出せずにいた、と。

「そうですか。真鈴がそんなことを」

半四郎は真鈴の真《まこと》を感じた。

と同時に、胸にふたたび激しい憤りを覚えた。

偽《にせ》の投げ文をして、真鈴に危害が及ばない算段をしておいたが、そんなことにかかわらず、沢村は真鈴に毒牙《どくが》を伸ばそうとしていたのだ。

「真鈴とやらの、あなたさまへの忠義は本物のようです。けれど、油断はなりません。沢村という男は、女を手籠《てご》めにするためには、眠り薬でもなんでも使います。わたくしが今から見張りましょう」

「そこまでしてもらって望外のことだが、その見返りはなんですかい？」

「……この沢村家は、三河《みかわ》以来の名門旗本。わたくしも嫁《か》してきたからには、この家を守る責務があります」

お船の口調は凜《りん》としていた。

「お咎《とが》めは、沢村とわたくしが負います。そのことに免じて、たとえ小さくなったとしても、沢村の家名は残していただきたいのです」

お船によると、沢村の甥《おい》に、沢村とは似ても似つかない謹直な若者がいるらしい。その若者に、家名を継がせたいのだという。

むろんのこと、その甥とお船とは、実際に血縁ではない。

お船に私心はなく、まさに家名を残したい一心なのだろう。

半四郎は、清々《すがすが》しさを感じた。

(徳さんか真鈴を通じて、出歯老中にでも頼んでみるか)

そのくらいの公私混同は、斉之助も笑って許してくれるだろう。


お志麻以外にも、助けなければいけない女たちがいる……。

すでに夜更けであったが、半四郎はその足で、真岡屋の寮に駆けつけるつもりだった
「八、いくぜ。浅草の先だ。吉原の灯《あか》りは、まだ煌々《こうこう》と輝いているだろうぜ」

奥向きの庭伝いに屋敷塀から下りた半四郎は、所在なさげに待っていた磯八の肩を叩いた。

「おっと合点、吉原の灯りを目印に、旦那に引かれて浅草寺参りですね」

自分も連れていってくれと願う浅吉は、馬喰町の相州屋に帰らせることにした。

「浅吉よ、果報《かほう》は寝て待てだ。まぁここはひとつ、大船に乗ったつもりで待っていてくんな」

夜道のひとり歩きは、男といえども物騒だ。少しだけあと戻りして、浅吉を宿

に送り届けた半四郎と磯八は、浅草をめざして西に歩を進めた。

彼方に、吉原の灯りが紅《あか》く瞬《また》くのが見えた。

田圃《たんぼ》の畦道《あぜみち》を走る半四郎たちの行く手に、いくつもの小田原提灯《おだわらちょうちん》が揺れはじめた。

「ふふふ、服部、やはりのこのこ出てきおったな」

待ち伏せしていたのは、茎崎矢五郎であった。

おそらく、屋敷の誰かが、沢村角兵衛に注進したのだろう。浅吉を宿に送っていった間に、待ち伏せられたのだ。

「そのほう、御庭番に抜擢《ばってき》されたといっても、本当は北町でも評判のぐうたら同心らしいな……それ、皆の者！」

新派武衛流の手練れたちだろう。五、六人の武士が半四郎を取り囲んだ。

月明かりだけで定かではないが、それぞれに柄のやたらと長い、槍《やり》か薙刀のような武器を握っていた。

「おまえたちは屑《くず》旗本の手先だな。寮に行き着く前に、始末してやろうと思っていたんだ。探す手間が省《はぶ》けたぜ。一束《ひとたば》ねにして吉原田圃に放り込んでやる」

半四郎が愛刀・古伊賀乗村を抜き放った。

「即決で屠《ほふ》ったあと、お志麻さんたちを親元に戻す。もちろん、真鈴もな」

「問答無用じゃ。こちらも探す手間が省けた。我が新派武衛流の仕掛け、とくと味わってみろ！」

茎崎は月夜に吠えた
「だ、だ、旦那、大変だ。気をつけておくんなさい」

すばやく畦道の下の窪《くぼ》みに身を隠していた磯八が、悲鳴のようにうわずった声をあげた。

「あれは、外道仕掛《げどうじか》けだ。油断してると、あっという間にひっかけられますぜ」

仕掛け？

半四郎は目を凝《こ》らした。よく見ると、囲んできた連中も、細長い竹のような得《え》物《もの》をたずさえている。

「あっしの故郷の房総で、よく使われてるんです。あれで、平目《ひらめ》や鰈《かれい》をひっかけるってぇ寸法で」

蛤天秤《はまぐりてんびん》とも呼ばれるが、遣り口が残酷《ざんこく》なので、外道仕掛けと呼ばれているらしい。となると、こいつらも、もとは漁師かもしれない。

半四郎は囲んできた連中を見まわしたが、それぞれ腰が据わっていて、ひとかどの武芸者に見えた。

「これが、火盗改に重宝されている、新派武衛流の捕縛術というわけかい」

半四郎が、鼻先でせせら笑ったとたんだった。

ひゅーんという不気味な音とともに四方から飛来した外道仕掛けは、半四郎の頭上で交差した。四つ同時に、仕掛けの先が土にもぐる。

「ざり、ざり、ざり」

水の枯れた吉原田圃をひっかく音が、重なって響いた。

「おい、おい、おい」

仕掛けの刃先が通り過ぎたあとから、猛毒《もうどく》である朝鮮朝顔《ちょうせんあさがお》の甘い匂いがした。

――かすられただけで終わりだ。

半四郎は、桂馬《けいま》のように横っ飛びした。

息つく間もなく、外道仕掛けがふたたび頭上に迫った。仕掛けに植えられた無数の針が、月光をはねて半四郎の目を射る。

半四郎は田圃を転げまわって逃げた。

「ぬはは、どうした服部。泥のなかを逃げて這《は》いまわる泥鰌《どじょう》のようだぞ」

茎崎は勝ち誇《ほこ》ったように哄笑《こうしょう》した。

外道仕掛けは、三投、四投と繰り出され、がりがりと半四郎の足元に迫った。

半四郎は、新派武衛流が、火盗改に重用される理由を痛感した。たしかにこれでは、どんなにすばしこくて逃げ足の速い盗人《ぬすっと》でも、逃げられまい。

息が上がってきた。五体に力が残っているうちに、逆襲にかかるべきだ。

「ちょこざいな。新派武衛流などと、たいそうな名乗りだが、ただの外道釣りのはぐれ漁師どもだろう。この俺が、平目や鰈のように釣り上げられると思ったら大間違いだぜ」

体勢を立て直した半四郎は、飯富寅次《おぶとらじ》を抜いて二刀となった。

「そうれ」

き〜んと飛来する外道仕掛けを飯富寅次で受け、間髪《かんはつ》をいれずに半身で飛び、古伊賀乗村の一閃《いっせん》で釣り糸を斬り落とした。

「むむ……」

たちまち動揺して筒竿《つつざお》を放り投げたひとりが、腰の大刀に手をかける寸前に、半四郎は真っ向上段から躍りかかった。

「ぎゃうう！」

寸止めをかけて、額にでかい青痣《あおあざ》をつくってやると、男はまるで頭を割られたように断末魔のような絶叫をあげた。

半四郎は男の大刀を奪い、すぐさま飛来した次の悪党仕掛けを受けた。古伊賀乗村の一閃で、糸を断ち切る。

この二刀が功を奏して、四人まで寸止めで沈黙させた。

「ふふふ、わしにはそうまいらぬぞ」

茎崎が投げてよこした悪党仕掛けは、糸のかわりに鎖《くさり》が用いられていた。鎖では断ち切れない。

「おう！」

低めに構えた他人の差料《さしりょう》で受けた半四郎は、とっさに刀を地面に突き立て、ひょいっと跳んで、両足で鍔《つば》を踏みながら着地した。

「むむむっ」

茎崎は顔を真っ赤にして竿を引き、鍔元まで土中に沈んだ差料を抜き取ろうとするが、思うにまかせない。

その頭上に、古伊賀乗村を峰に返した半四郎が、拝み打ちで躍りかかった。

がつんと鎖骨《さこつ》を割られた茎崎は、泥田のなかで身をくねらせて悶絶《もんぜつ》した。

六幕

「それがな、半ちゃん。沢村角兵衛には、ほかにもぞろぞろと余罪が出てきたらしいのじゃ」

老中水野出羽守の指示で、旗本を監察する目付衆《めつけしゅう》が動き、沢村の詮議《せんぎ》がはじまった。

半四郎長屋の空き部屋で酒を酌《く》み交わしながら、斉之助が聞きかじってきたことを教えてくれた。

「歴とした旗本であり、火盗改役頭という重職に就きながら、自分の屋敷で賭場を開帳していただけでも言語道断であろうよ」

そのうえに沢村は、無宿人狩りで狩り込んだ男女のうち、男はお定めのとおり佐渡送りにしようとしていたが、女たちは選り分け、なんと岡場所に払い下げようとしていたらしい。

「もちろん、岡場所の抱《かか》え主《ぬし》たちから受け取った金は、公収せずに己《おの》が懐に入れようと算段していたわけじゃ」

沢村角兵衛が幕閣の大立て者の庶子《しょし》だという噂は、ただのはったりであった。沢村家は先代もぐうたらな旗本で、その先代が遊女に産ませて町場で育てられたのが、角兵衛であった。

背後に大物をちらつかせたほうが、なにかと都合がいいので、以前からそういう噂を自分で流していたのだという。

最初に揉み消しの依頼をしてきた松木なる男も、実のところ沢村家の用人であった。

「まったくもって、開いた口がふさがらないのう」

斉之助は鯰髭を引きながら憤慨している。

「それでさ、徳さん、江戸城のお偉方は、この一件の始末をどうつけるつもりなのかな？」

半四郎は自分の見聞きした顚末《てんまつ》を斉之助には伝えたが、幕閣のしかるべき重職などには、むろん報告などしていない。

「幕閣の間でも紛糾《ふんきゅう》したらしくての。そもそも出歯めは、なにゆえ沢村角兵衛のような不埒者《ふらちもの》を、火盗改の役頭に推《お》したのか……」

斉之助は、しきりに首をひねっていた。

「幕府のなかには、出羽めの任命責任を問う声もあがっていたのだが……あやつは四枚腰と異名をとる柳腰《やなぎごし》じゃからのう。のらりくらりと逃げ切るのではないかな。現に、沢村を糾弾する側の、旗振り役におさまっておるしな」

独り言のように、斉之助はつぶやいた。

「それから沢村家については、お取り潰しになって当然という声が強いようじゃ。こちらは、そうなるであろうの」

「ちょ、ちょっと待ってくれよ、徳さん」

半四郎はあわてた。そうなっては、お船への義理が立たない。

「なぁ、徳さんは、出歯老中とは知り合いなんだろう。お取り潰しだけは勘弁してもらえるよう、口をきいてもらえないかい」

お船のおかげで、お志麻や他の女たちも無事救出できて、一件も早めに落着した。そのあたりを強調してほしいと、半四郎は斉之助を説いた。

「それに、跡継ぎの甥は、しごくまっとうな若者らしいぜ」

「ふぅむ、では出歯にそう言うてみるかのう」

斉之助は、なんとなく請合《うけあ》ってくれた。

「それにしても、真鈴はまだ戻らない。どうしたんだろうな」

半四郎は、広からぬ空き部屋を見まわした。

磯八が導庵夫妻を相手に酒を飲んでいるが、どことなく寂しげであった。

「そうじゃのう。半ちゃんに顔を合わすのが、気恥ずかしいのではないか」

斉之助が、そんなふうに解釈してみせた。


そんなやりとりがあって数日後、半四郎は上司の文太郎から、沢村家の処分が決まったという話を聞いた。

沢村家は不行状を理由に、千二百石のうち九百石を減じられて、三百石の旗本として存続することになった。

今の広い屋敷も没収されて、本所《ほんじょ》の場末にある狭い屋敷に移される運びであるという。

「それはそうと、半四郎、お奉行がお呼びだそうだ」

御庭番としての半四郎に、はじめて役目らしい役目が伝えられた。

没収される沢村屋敷受け取りの上使《じょうし》として、半四郎が任命されたのである。

磯八に馬の轡《くつわ》をとらせ、生まれてはじめて裃《かみしも》をつけた半四郎は、日本橋通りの目抜きを、意気揚々《ようよう》と馬に揺られていく。

沿道《えんどう》には斉之助をはじめ、半四郎長屋の連中が居並び、しきりに手を振ってくれた。

その横には、無事に救出された志麻と許婚の浅吉、それに津右衛門が、深々と頭をさげる姿もあった。

沢村屋敷の門前では、頭を丸めたうえに無理やり隠居させられた角兵衛が、神妙な顔つきで半四郎を迎えた。

その横には、墨染色《すみぞめいろ》の法衣《ほうい》を着たお船がいた。すでに髪をおろしたらしく、尼《に》僧《そう》が用《もち》いる白い頭巾をしている。

そのお船の傍《かたわ》らに、真鈴の姿があった。

そっとお船に寄り添って、白い手を背中にあてている。

真鈴は、市子としての務めを果たしていた。その瞳は、頼もしげに半四郎の晴れ姿を見つめている。

第二話　ふたりの軍師

一　幕

たっぷりとした実入りのある素《す》っ破《ぱ》抜《ぬ》き仕事からは、はるか遠ざかっている半四郎と磯八である。

御庭番になったとはいえ、加増の沙《さ》汰《た》もいっこうにない。

「桜《はな》の季節も近いと、世間さまでは、もう浮かれ出している。かたやあっしらは、この体《てい》たらくだ。このままでは本当に干上がっちまいますぜ」

このところの磯八は、顔を見せるなり、袖《そで》を目にあててみせる。

「ならおまえも以前のように、棒《ぼ》手《て》振《ふ》り仕事で食いつなげばいいだろうよ」

磯八の本業は、魚屋なのである。半四郎はつど、そうたしなめるのだが、すっかりと素っ破抜き仕事の痛快さと割のよさに、魅《み》入《い》られてしまっている。

「旦那《だんな》はそう言うが、あっしはもう朝夕、金貸しのところを行ったりきたりする毎日は御免ですぜ」

明《あ》け烏《がらす》がかぁと鳴くと飛び起きて、横丁の金貸しのところに行く。通称、烏金《からすがね》と呼ばれる小口で高利の金を、二百文借りる。

二百文を元手に鯵《あじ》や鰯《いわし》を仕入れ、丸一日、天秤棒《てんびんぼう》を担いで売りまくると、四百文ぐらいになる。そして、そのうちのおよそ半分で、三食と湯銭、それに長屋の店賃《たなちん》の日割り分をまかなう。それで夕烏がかぁと鳴くころに、一日の利子を加えた二百二文を金貸しに返すのである。

湯屋に行って小ざっぱりしたあとは、鰯の頭をかじりながら、安酒の三合ぐらいは飲める。

それはそれで気楽な暮らしだろうが、磯八は嫌気がさしているらしい。

そんな春先のことであった。

磯八が、上野谷中《やなか》の岡場所あたりから仕入れてきた素っ破抜きネタは、女犯《にょぼん》をしている坊主《ぼうず》金貸しを強請《ゆす》って、大枚の金をせしめようというものだった。

「今度の的《まと》は持っていますぜ。がつんと強請って、逆さにして揺すってやれば、口からじゃぶじゃぶと小判《こばん》が吐き出されてくる。そんな金貸し坊主なんです」

磯八はとにかく大乗り気である。

「そうだな。どうせ阿漕《あこぎ》な手口で、貧乏人を泣かせている因業《いんごう》坊主なんだろうから、懲《こ》らしめてもいいか」

旗本たる御庭番が、以前のままに強請りに手を染めていて、よいのだろうか。そう思わぬでもないが、相手が金貸し坊主と聞いて、半四郎もその気になった。

「けれど、八よ。素っ破抜き仕事であれば、徳さんにも声をかけないとな」

「そうですね。あのご隠居の耳にも入れておかないと……あとになって、怒る、すねる、落ち込む、の三拍子だ」

当初は斉之助を仲間に加えることに、いい顔をしなかった磯八だが、最近ではあきらめたようだ。

屋敷の居間を出た半四郎は、猫額《ねこびたい》の庭を通って半四郎長屋に足を向けた。たまたま斉之助も真鈴も居合わせていて、空き部屋で饅頭《まんじゅう》を食っていた。

「おもしろそうなネタがあるんだが……。徳さんもやるかい」

実のところ、磯八からネタの詳細は聞いてないのだが、とりあえず斉之助を誘ってみた。

「おお、素っ破抜きか。久方ぶりじゃのう」

斉之助は満面の笑みで返してきた。

「あら、残念。御前はこれから、よんどころない義理事で、ご実家の徳山家にお戻りになるんです」

先手を打つように、真鈴がぴしゃりと言った。

「ううむ、残念……」

絞り出すような声でもらした斉之助は、全身に無念さを漂わせている。

「そうですかい。徳山団十郎《だんじゅうろう》は、一座の春興行にはお出ましになれないと。そいつは、春から縁起がいい」

「なんじゃと……」

斉之助に恨みがましい目を向けられて、磯八はあわてて口をつぐんだ。

「半ちゃん、せっかく御庭番兼任になったのだ。どうせ強請るなら、悪大名とか強欲商人とか、大物の悪党を狙《ねら》ってみたらどうだ」

悔しさをにじませながら、斉之助がけしかけてきた。

「それは、そうだろうが……おい八、どんなネタだったたっけな?」

半四郎が水を向けると、磯八は胸を張った。

「へへ。今のご隠居さまのお言葉、この磯八、次回からは肝《きも》に銘《めい》じてあい務めまする……と申し上げたいところですが、あいにくでした。言われるまでもありませんや。今度の的《まと》も、お大名に千両、万両と貸し込むような大物ですぜ」

斉之助は呆気《あっけ》にとられたように、磯八の狸顔《たぬきがお》を見つめた。


その翌日、半四郎と磯八は、上野山と本郷の台地にはさまれた谷中の寺町に足を踏み入れた。

「……そうかい、妙真院《みょうしんいん》てのは、そんなに金満な寺なのかい」

「へい。もっとも、あっしが狙いを定めた信覚《しんかく》って住職は、世間や借り手からのやっかみを恐れて、とにかく地味に暮らしてるらしいですがね。まぁ、あっしの見るところ、三千や四千の金は動かしているでしょう」

道すがら、磯八からネタの中身を聞きつつ、半四郎はうなった。

将軍家の菩提寺《ぼだいじ》である上野寛永寺《かんえいじ》は、東都随一《ずいいち》の大寺院である。

なにしろ、直系の子寺が四百三十寺、孫寺が六百寺、曾孫《ひまご》寺が三百三十寺、それだけでなく玄孫《やしやご》寺まである。

寺領は小国の大名など及びもつかないほど広大で、なにより巨額な賽銭《さいせん》収入があった。

そして、上野寛永寺一門のもうひとつの顔が、豊富な資金力にものをいわせた日本一の金貸しなのである。

もっぱら大大名などに貸しつけているが、系列の寺にも資金援助して、広く金貸し業を営《いとな》んでいた。

「今回の標的である谷中の妙真院は、直系子院のなかではさほど大きな寺ではないんですがね。上は奥州如月藩《きさらぎはん》などの大名から、下は御家人や浪人にまで貸しつけて、高利を得ています」

磯八はそこで、にんまりと笑った。

「住職の信覚って坊主ですが、堂々と寺の裏に妾宅《しょうたく》をかまえていますぜ。五歳になるお真知《まち》ってぇ女の子まで、もうけているそうですよ」

「出たな、坊主の女犯《にょぼん》か。八よ、こいつは、たんまりといただけそうだな」

半四郎も、にかっと笑い返した。

僧侶《そうりょ》の女犯は大罪である。露見《ろけん》したら、いやおうなしに即死罪だ。

「この谷中には、いろは茶屋という遊里《ゆうり》がありますす。旦那もご存じですよね」

「知らないわけがねぇだろう。このお江戸でも名代《なだい》な岡場所だぜ。そうか、信覚の女はいろは茶屋の出か。それなら話が、すんなりとつながってくるな」

谷中天王寺《てんのうじ》の門前町にあるいろは茶屋は、寛永寺関係の坊主が御用達《ごようたし》にしていて、こっそり通う遊里としても有名である。

「信覚坊主が囲っている妾《めかけ》のおきみってのは、もとはいろは茶屋の板頭《いたがしら》だったという美形です。信覚も、母子ともに溺愛《できあい》しているそうですぜ」

信覚は、娘のお真知を手習い処《どころ》に行かせるにも供をつけ、駕籠《かご》で通わせているのだという。

「好きだなぁ、こういう単純明快な強請りって……旦那ぁ、何事もなく、百でも二百でも頂戴《ちょうだい》できることを祈りましょうぜ」

今回は手間のかからなそうな素っ破抜きなので、磯八はネタ元に対し、三分の割戻しを約束しているとのことだった。百両強請りといっても、手元に残るのは七十両ということになる。

「そうだなぁ。つつがなく実入りを手にして、上野山に万朶《ばんだ》の桜が咲きはじめたころに、また戻ってきたいもんだな」

振り返ると、夕暮れにかすむ上野山の桜は、まだ蕾《つぼみ》であった。

二幕

谷中は寺だらけなので、目当ての妙真院を見つけるのに、思いのほか手間どった。

六つ刻（午後六時）を知らせる鐘《かね》が聞こえたころ、ようやくと行きあたった。

道を尋ねた男に指差された妙真院は、敷地四百坪ほどの、ごくありきたりな寺だった。

「なんだか寂しげな寺だな。無人のようだ」

勇躍、乗り込んだ半四郎と磯八だったが、門前にも、住職の住まいである庫裏《くり》の玄関先にも、人気《ひとけ》がなかった。

ただまったくの無人ではなく、玄関の式台《しきだい》の横で、貧相な顔をした寺男が、呆然《ぼうぜん》と虚空《こくう》を見つめていた。

「おい、邪魔するぜ」

わざわざ素っ破抜きにきて、遠慮している法はない。半四郎と磯八は、寺男にひと声かけてあがり込み、すたすたと廊下を進んだ。

「ずいぶんと無用心な寺だな。寺男以外には、人っ子ひとりいないぜ」

「さては、旦那とあっしの襲来を予見して、ずらかりましたかね」

「そんなわけもねぇだろうが……おやっ」

半四郎は目を丸くした。

居間らしい部屋の明かり障子《しょうじ》が開かれたままであった。なかで五十絡みの坊主頭と、三十前の美形が、手を握りあって怯《おび》えた様子であった。

「おい、どうしたい。なにかあったのか？」

半四郎が思わずそう発すると、

「か、拐《かどわ》かし……い、いや強請りだ。不埒者《ふらちもの》めが、この寺を強請ってきたのだ」

苛立《いらだ》った声で応じてきたのは、襖《ふすま》の陰《かげ》に座っていた四十過ぎの武士であった。

「強請り、拐かし？」

ぎくりとした半四郎と磯八だが、顔を見合わせて、ややあって目でうなずきあった。強請りといっても、自分たちのことを指しているわけではないようだ。

「強請りだの拐かしだのって、いったい誰に仕掛けられたんだい？」

「いや、拐かしというか……強請りじゃ。そういうおぬしは見かけない顔だが、どなたでござる。勝手にあがり込んでまいられたか」

武士は気色《けしき》ばんだ。

「勝手にはあがったが、怪しい者じゃない。北の橋廻り同心で、服部半四郎だ」

しかたなく、そう名乗った。

「橋廻りの途中で喉《のど》が渇いてな。白湯《さゆ》を所望しようと、立ち寄った次第」

適当にでたらめを並べた。

「北の同心殿！」

武士と坊主頭は一緒になって、半四郎のことを穴があくほど眺《なが》めていたが、

「これは、失礼いたしました。これ、おきみ、服部さまに茶を」

信覚とおぼしき坊主頭が、おきみという美形に言いつけた。

「同心さまが立ち寄られるとは、もっけの幸いでございます」

お座りください、と信覚が手招きしてきた。肚《はら》の底は因業なのに違いないが、今は不安そうに瞬《まばた》きばかりしている坊主だった。

「じ、実は、強請られて、拐かされたのです。拙僧《せっそう》の……縁者の娘を……大事な大事な娘を……」

信覚は、歯が嚙《か》み合わずに、聞き取りにくい言葉で発した。

すぐに、ぴんときた。

拐かされたのは、この信覚坊主と美形の、実の娘に違いない。坊主に娘がいたでは、世間に通らないので、あたふたと口ごもっているのだ。

要するに、磯八が仕入れてきた素っ破抜きネタの娘のことだ。

「どうぞ、粗茶でございます」

上等そうな茶を淹《い》れてきてくれたおきみも、茶碗《ちゃわん》を差し出す手が震えていた。

「拙者は上野山の山同心で、木月平太郎《きづきへいたろう》と申す。拙者の口からお話しいたそう」

黒羽織《くろはおり》に野袴《のばかま》をつけた木月が、横合いから口を入れてきた。

上野の山には、山同心と呼ばれる寺侍がいる。上野山の花見のときに『酒はご法度《はっと》、歌舞音曲《かぶおんぎょく》もまかりならぬ』と、上野山中を触れてまわる野暮《やぼ》な役として、江戸の人々にもなじみがある。

「大胆な不埒者でな。当院の縁者の娘御《むすめご》であるお真知に目をつけると、わざわざ投げ文をよこしてきたのだ」

半四郎は思わず息を呑《の》んだ。

「今日の七つ半（午後五時）に、娘を拐かすと……投げ文にそう記してあり、そのとおりに……」

おきみが半身を小刻みに震わせながら、口をはさんだ。

「なに、時刻を決めて拐かすだと？　しかも今日の七つ半ってぇと、ついさっきのことじゃないか！」

大胆不敵な凶行に憤《いきどお》りを感じた半四郎だったが、見事、そのとおりにしてのけたらしい。

「なぁ、八、畏《おそ》れいったな。畏れ入谷《いりや》の鬼子母神《きしもじん》もこの近くだったよな」

つまらない冗談を口にしたが、誰の顔も凍りついたままだった。言ってしまったあとで、半四郎はつくづく後悔した。

「それにしても、小さな子を拐かして強請るなんて、もってのほかだな」

「そうですね。素っ破抜き屋の風上にもおけない外道だ」

自分たちも強請りにきたことは棚にあげ、ふたりは義憤にかられた。

「それだけではございませぬ。悪党どもは、二重のネタで当院を脅《おど》してまいったのでございます」

信覚は悲痛な声で訴えた。

「二重のネタ……なんのことだ？　娘を連れ去られたほかに、なにか脅されるような話があるのか」

ふたつ目のネタは、おそらく信覚の妻子のことだろう。すぐにそう察しをつけた半四郎だが、なに食わぬ顔で問うてみた。

「いいえ、決してそのようなことは……」

信覚はたるんだ頰《ほお》をぷるぷると揺らして、しらばっくれた。

「へえ、そうかい。とてもそうは思えねえがな」

半四郎がたたみかけると、まずおきみが畳に突っ伏して嗚咽《おえつ》した。

「信覚殿、この騒ぎじゃ。御坊に妻子があることを隠しとおすのは、難しかろう。服部殿のほうも、察しておやりなされ」

木月が、いかにも世間慣れした口調で介添えする。

「坊主とて、人の子じゃ。女子《おなご》を愛おしみ、我が子を慈《いつく》しむ心は、我ら俗人と変わりはない。そちらにも町方同心というお立場があろう。されど人の世とは、互いに許しあってこそ、成り立っていくものでござらぬか」

「さよう。支えあう世こそ、我ら坊主が待ち望む極楽浄土《ごくらくじょうど》でございまする」

当の信覚が、ちゃっかり尻馬にのってきた。

「まぁ、わからなくはないがね」

泣き濡《ぬ》れるおきみには同情したものの、信覚と木月の減らず口は鼻につく。半四郎は当初の目論見《もくろみ》どおり、揺さぶってやることにした。

「要するに、拐かされたお真知というのは、信覚さん、おまえさんとおきみさんの子なのだな。坊主の女犯は大罪。寛永寺の黒門《くろもん》の前でさらし者にしたうえ、斬首《ざんしゅ》というのがご定法《じょうほう》だぜ。俺も同心という立場がある。黙過《もっか》はできねぇな」

横で磯八が、激しくうなずいている。

信覚はため息をつき、平伏した。

「すべて心得ております。なにとぞ、お真知が拐かされた件も含めて、拙僧らをお助けくださいませ。さすればのちほど……」

意味ありげに懐《ふところ》に手を入れ、信覚が磯八を見やった。

嗚咽していたおきみも、信覚と並んで両手をつく。

妙な拐かし騒ぎに巻き込まれはしたが、とりあえず実入りにありつけそうな成り行きになってきた。

敵は手口が大胆なだけでなく、入念に標的のことも吟味《ぎんみ》している。

信覚の口から経緯《いきさつ》を聞くうちに、半四郎はそう実感した。

投げ文は、昨日の夕方、庫裏の玄関に投げ込まれていた。

——信覚坊主に一筆啓上《けいじょう》。おまえの娘、お真知の身柄を、明日の夕刻、七つ半にもらい受ける。寺社奉行、町奉行にこの投げ文を訴えでれば、お真知の命はないうえ、妙真院の住職に妾と娘があることを書いた読売を、江戸中に乱舞させる。生きたお真知にふたたび会いたいのであれば、千両箱を五つ用意しておけ。

敵は、お真知の身柄と坊主の女犯ネタの、ふたつを絡めて脅してきていた。

身代金は、なんと千両箱が五つ。すなわち五千両であった。

「これは、実によく練られた拐かしの筋立てだな。信覚さんにしてみたら、妻子がいることがばれたら一大事。おいそれとは、町奉行所に訴えでれないだろうと、完全に見切られている」

半四郎は、妙なところで感心した。

「さようじゃ。町奉行はもとより、寺社奉行にも訴えることはできない。藪蛇《やぶへび》だからな」

木月は嘆息《たんそく》してみせた。

「それで拙僧は、この投げ文のことを、旧知の山同心であるこちらの木月平太郎殿に、ご相談したわけで。それなのに……」

信覚は、恨みがましい目線を、ちらりと木月に向けた。

「いやいや、同心と申しても、我ら山同心は、八丁堀同心とは違い申す」

視線を痛いものと感じたらしく、木月は言いわけがましい口調で返した。

「そりゃそうだろうな。上野の山同心てのは、花見客の整理ぐらいしかできないと評判だからな」

半四郎としては世間一般の認識を口にしただけだが、木月は酢を飲んだような顔をした。

「それで信覚さんよ。お真知坊を狙った賊の素性《すじよう》については、おまえさんにも、心当たりがあるんじゃないのかい」

金貸しは人の恨みを買う。裏を返せば、人の恨みを買うぐらいでないと、一端《いっぱし》の金貸しとは言えない。そのあたりを踏まえて、半四郎は水を向けた。

「じ、実はございます」

信覚は苦渋《くじゅう》に満ちた声をしぼり出した。

「そ、そのう、拙僧は、手元不如意《てもとふによい》な檀家《だんか》などからどうしてもと懇願《こんがん》され、人助けだと思って金銀を融通《ゆうずう》することがございます。それで……」

「おい、信覚。世間では、おまえさんは血も涙もない金貸し坊主ということになっている。言葉に衣《きぬ》を着せるんじゃやねぇ」

金貸し業に手を染めているのを隠したあげく、懇願されてなどと、物は言いようにもほどがある。小癪《こしゃく》に触った半四郎は、信覚の弁《べん》をさえぎった。

「うちの旦那は、なにもかもお見通しだぜ」

磯八も横合いから、口を入れてきた。

「今度の賊は、おまえさんが高利で泣かせてきた相手に違いないだろうぜ。この妙真院が、うなるほど金を貯め込んでいることを知っているんだ。じゃなきゃ、こんなありきたりの寺に、五千もふっかけてくる道理がねぇ」

まくしたてられて、信覚はがっくりとうなだれた。

「あっしのネタ元は正しかった。この寺には、一万や二万どころじゃねぇな、五万や十万はあるかもしれねぇ。となると、旦那とあっしへの口止め料は……有り金の十分の一と見ても……い、一万両！」

磯八はひとりで、とらぬ狸の皮算用《かわざんよう》を弾き、口から泡を吹きそうになった。

そんな狸顔を、おきみがしげしげと見つめている。

「さっき言った練れた筋書きってのは、そのあたりも含んでのことだ。強請ってきた野郎は、この妙真院が金満だということを、よく知った人間に違いないぜ」

半四郎がそう決めつけると、

「仰《おお》せのとおりでございます。しかし、高利の坊主金貸しは、拙僧だけではございません。この上野谷中に五万とおります。それなのに、どうして拙僧の娘だけが狙われたのでございましょう」

信覚は、坊主頭をかきむしった。

「まぁ、この界隈《かいわい》に、金貸し坊主の五十や百はいるだろうよ。ところで、木月さん、あんたのほうに心当たりはないのかい」

半四郎は山同心に目線をあてて、にやっと笑った。

「山同心に探索の能力はない。とはいえ、借り手と揉《も》めたときなど、二本差しがいれば心強いだろう。木月さん、要するにあんた、金貸し坊主の用心棒だろ」

「むむぅ」

半四郎に図星を言いあてられて、木月は低くうなった。

「たしかに、借り手が四の五の言ってきたときには、拙者がまず話を聞いた。しかし幸いなことに、これまで大きな騒動になったことはない。そ、それに……」

根が怒りっぽい男らしく、木月は頬を朱に染めていた。

「言うとおり、拙者は探索に手馴《てな》れてはおらん。だいたいからして探索など、町方の不浄《ふじょう》役人の仕事ではないか。それに、手馴れてはおらぬからこそ、今回も迅速《じんそく》な手を打ったのだからな」

木月の反駁《はんばく》を無視しつつ、半四郎は腕を組み、思案を続けていた。

三　幕

「まだ肝心なところを聞いていなかったな。拐かしの時刻まで前もって教えられながら、今日、まんまとお真知坊をもっていかれたのは、どういう手抜かりがあったんだい？」

腕組みを解いた半四郎は、信覚と木月に等分に目をやった。

木月は苦虫を嚙み潰《つぶ》した顔で黙していたが、信覚が口を開いた。

「木月殿の助言で、お真知を、窓も扉もないそこの塗《ぬ》り籠《ごめ》の部屋に入れておきました。部屋の中で、お貞《さだ》という名の子守の女中と、遊ばせておったのです」

居間とは内廊下をへだてた蔵のような部屋を、信覚が指差した。

その部屋の出入り口は、廊下に面して引き戸がひとつあるだけだった。

居間にいながらにして、出入りを監視できる。普段は、米や酒を貯蔵しておく納戸《なんど》として使っているらしい。

「拙僧と、木月殿、おきみ、の三人は、固唾《かたず》をのんで、七つ半刻がくるのを待っていたのです」

裏門は固く閉じ、表門だけ開けて門番の寺男を控えさせていた。

「先ほどから話に出ておりますように、僧侶の妻帯はかたく戒《いまし》められております。ですから普段は母娘を、当院の隣にもうけた妾宅に置き、寺のほうにはめったに出入りさせないようにしているのですが……」

なるほど、今日に限っては、そんなことを言っていられなかったのであろう。

「それが、服部さま」

信覚は、おきみと顔を見合わせあって、わなわなと震えた。

「助けて！」

上野山・寛永寺の時の鐘が鳴ったとたんに、寺門のほうからお真知の泣き声がした。

「お嬢さま！」

と、門番の寺男の叫び声も響いてきた。

「す、すわ、出し抜かれたか！」

木月が歯嚙みした。

一同は泡を食って、寺門のほうにすっ飛んでいった。

「く、く、く、曲者《くせもの》でございます」

門番は腰に手をあてて苦悶《くもん》し、動けないありさまだった。抜刀した曲者に、峰打ちで腰をしたたかに打ちすえられたという。

「頬かぶりした、浪人風の男でした。お真知さまをかっさらって。それで風を食らったように……」

賊は宵闇《よいやみ》の深い谷中の町を、走り去っていったという。

「そ、そんな、そんな馬鹿な」

信覚とおきみは絶句した。密室である塗り籠の部屋に、曲者が立ち入れるわけがないのだ。

ふたりは寺門の外に出て、必死の眼差しを左右に向けた。

「この世には、神隠しもあれば、奇々怪々なことも起こるからのう」

と、木月はつぶやく。

信覚とおきみは、庫裏に駆け戻ると、塗り籠の部屋の引き戸を開けた。

たちまちふたりは、その場にへたり込んだ。

やはり、お真知はいない。

子守のお貞は気絶して、その場に倒れていた。横に、こん棒が落ちている。曲者……浪人風の頬かぶりは、どこからか忍び込んで塗り籠の部屋に入り、こん棒でお貞を気絶させて、予告どおりにお真知を拐かしていったのだ。


「なるほど、たしかに奇々怪々ってやつだな」

聞き終えた半四郎は、もう一度、腕組みをした。

「塗り籠の部屋から出入りするとなると、どうしたって、ご一同が雁首《がんくび》を並べていた、この庫裏の居間からの目線に触れるよな」

「さようでございます。我らはここから、油断なくあの部屋の引き戸を見つめておりましたから」

信覚が力ない声で返してきた。

「頬かぶりの浪人は、どこからどう現れて、どう外に出たのか」

こめかみを親指で押しながら、半四郎は思案に暮れた。

「寺男は、お真知坊を小脇に抱えた頬かぶりの後ろ姿を見たというが……人通りもまばらな寺町は、もうどっぷりと暮れていたのだろう」

「今さら界隈を探しあるいたとしても、頬かぶりはもう遠くに逃げてしまったに違いない。そう考えて、拙者も深追いはしなかった」

木月はあいかわらず、言いわけばかりしている。

「さようでございます。拙僧らも寺門から目を左右に向けましたが、もう賊の背は見えませんでした」

一同があきらめの念を抱いていたところに、半四郎と磯八が、のこのこと素っ破抜きに乗り込んできたというわけだ。

「よし、流れは理解した。こう見えて俺も町方同心の端くれ。現場を見せてもらうぜ」

半四郎は、すくっと立ち上がった。

磯八とふたり、四つの眼《まなこ》で、居間から内廊下、塗り籠の部屋にかけて、入念に目を落としていった。しかし、これといった手がかりは落ちていない。

「ひと筋縄ではいかなそうな一件だな」

半四郎は長い息を吐いた。

「とはいえ、小さな娘が拐かされたんだ。及ばずながら、俺がひと肌脱ぐ」

そう申し出る半四郎に、山同心の木月が、いやいやと手を振った。

「ご助成はかたじけないが、拙者のほうでも手は打った。服部殿がさように力《りき》まずとも、この一件の目鼻はじきにつき申そう」

木月はいやに落ち着いている。

「手を打ったとは、どういうわけだ」

半四郎には、そう容易《たやす》く目鼻のつく一件とは思えなかった。

「ですから先ほど、迅速な手を打ったと申しあげたでござろう」

木月の口の利き方は、どこか横柄《おうへい》であった。

「背に腹は代えられぬ。餅《もち》は餅屋でござる。こうなったら、管轄違いではあるが、町奉行所に助《すけ》を請《こ》うしかないと肚《はら》をくくった」

木月は悪びれもせずに、言葉を重ねた。

「探索に年季の入った廻り方の同心を呼ぼうと考え、すでに手配つかまつった。拙者は、町奉行所の与力に知り合いがおりましてな」

舌裏に、橋廻りである半四郎に対する侮蔑《ぶべつ》が感じられた。

「もちろん、あくまで極密《ごくみつ》に協力を要請したわけじゃ。信覚殿が妻帯していることには目をつぶって、探索に力を貸してくれる同心殿をと、ご依頼した」

なるほど、町奉行所の与力部屋には、融通が利きすぎる手合いがごろごろしている。あくまで謝礼次第であるが、女犯坊主と知って力を貸す与力も、その配下の同心も、大勢いるだろう。

「もうとっくに依頼を書付けにして、子守のお貞を町飛脚屋《まちびきゃくや》に走らせた」

お貞は幸いなことに、たいした傷を負わずに済んだのだという。

「ただ今、戻りました」

と、玄関先から、若い女の声がした。拍子を合わせたように、お貞が町飛脚屋から戻ってきたようだ。

四　幕

「それはそうと、晩飯の時分刻《じぶんどき》ですぜ」

磯八が空腹を訴えた。

「少しお待ちになってください」

戻ってきたばかりのお貞は、腰の軽そうな、てきぱきとした娘であった。

台所に駆け込むと、冷や飯ではあるが、美味《うま》い握り飯を皆に配ってくれた。

(京介だけは、現れてくれるな)

奉行所の廻り方の同心……握り飯を頬張りながら半四郎は、天敵である百地京介だけはやめてほしいと祈っていた。

握り飯を食べ終わると、一同の顔に疲れの色が、かえって色濃く浮かんだ。

「お真知は、晩御飯を食べたのでしょうか」

おきみが白っぽくなった涙顔でもらした。

「皆さんの前で、埒《らち》もないことを口にするんじゃない」

信覚がきつい声で叱《しか》った。

居間には、よどんだ気配が漂っている。これから先、賊はどのように接触してくるだろうか。半四郎はじっと思案に暮れていた。

皆が黙りこくったまま、一刻《いっとき》ほどがまたたく間に流れた。

「頼も～う。八丁堀からまいった」

重い沈黙を破るように、玄関先から野太い声が響いてきた。


「南の臨時廻りで、松野《まつの》半兵衛《はんべえ》でござる」

現れたのは三十半《なか》ばの、細面《ほそおもて》でいかにも切れ者そうな同心だった。

(よかったぜ。北ではなくて、南の同心が来てくれた)

半四郎は内心で吐息《といき》をついたが、それにしても初めて見る顔だった。

普段、ほとんど奉行所に顔を出さない半四郎は、所属する北町ですら、知らない顔がいる。

いわんや南の同心など、ほんの数人しか顔と名前が一致しない。

松野半兵衛は、木月と信覚に挨拶《あいさつ》を交わして、そのまま話し込んでいる。

「こっちは北の橋廻りで、服部半四郎だぜ」

誰も半四郎を紹介しようとしないので、しかたなく自分で名乗った。

「はて、北の服部殿……」

松野も、半四郎のことを知らないらしく、しげしげと見つめてきた。

「松野の旦那が、うちの旦那をご存じないのは、しょうがありませんぜ。なんせ、ほとんど直行直帰で、奉行所に詰めていませんから」

磯八が、微妙な雰囲気を漂わせる半四郎たちの間に入ってきた。

「そういうことでござったか。住まいは同じ八丁堀でござろうが、それでも、これまで顔を合わせなかったわけですな」

松野は仕立てのよい黄八丈《きはちじょう》の小袖に巻羽織。小銀杏《こいちょう》の髷《まげ》。ひと目で八丁堀同心とわかるいでたちをしていた。身体つきも頑健《がんけん》そうで、いかにもやり手同心という雰囲気だ。まさに、半四郎とは好対照である。

「年番方《ねんばんかた》与力の佐久間《さくま》さまから、何事もご当院のお役に立つようにと、指示されました」

松野は如才《じょさい》ない口調で、

「ご安心めされよ。ここで見聞きしたことは、決して他言いたさん。あくまで内密に請《う》け負った仕事。手先の御用聞きや小者も、八丁堀に置いてきました」

さっそく、話のわかるところを見せた。

「そう申していただくとありがたい。拙者と佐久間殿とは、旧知でな。この一件については、すべて松野殿にお任せいたす」

木月は松野に、全幅の信頼を置いたかのように言う。

「探索の道には、いささか物慣れております」

松野はいかにも頼もしげに、請合った。

「まるで、太閤記《たいこうき》に出てくる、軍師・竹中半兵衛《たけなかはんべえ》に助っ人いただいたような心持ちがいたします。すべては軍師・松野半兵衛さまの立てた策に従いますので、どうか、お真知を助け出してくださいまし」

信覚は松野にとりすがった。

「ちぇ、俺だって半四郎だ。同じ半の字だぜ」

半四郎が舌打ちする。

「それで、こちらの服部殿は……そもそも、どういうお立場でお呼びになったのでござるか？」

半四郎には目を向けず、松野は信覚と木月に問うた。

「いや、どういう立場と申されても……こちらの同心殿は勝手にやってこられ、その流れでここにおられる。とはいえ、同心には違いないので、なにかのお役には立っていただけるのではないかと……」

木月の言に、松野は大きくうなずいた。

「つまりは、せいぜいが拙者の添え役程度と思えばよいですな。探索の指揮を執《と》るのは拙者。それでよろしいな」

松野は、ぎろりと半四郎を睨《にら》んできた。

（そっちが竹中半兵衛なら、こっちは黒田《くろだ》官兵衛《かんべえ》だぜ。自分ばっかり切れ者ぶった顔しやがって）

半四郎とて、講談本になった太閤記ぐらい読んだことはある。そう口に出かかったが、思いとどまった。

百地京介でなくてよかったと思いきや、似た性格の男に出くわしてしまった。

もっとも、定町廻りの同心には、多かれ少なかれ似たようなところがある。

向かっ腹は立ったが、言い争うのも面倒だ。

半四郎は、どうぞご勝手にと返して、あとはそっぽを向いていた。


「どうぞ、お茶がはいりました」

南の半兵衛の風下に立たされ、ふてくされている半四郎に、子守のお貞が気を遣って、茶をすすめてくれた。美人ではないが控えめで、それでいて気が利きそうな女だった。

「いきなりこん棒で殴られて動転しただろう。傷は、跡が残らなそうかい？」

気遣う半四郎に、お貞は恥ずかしそうにうなじを押さえた。

頭や首の急所は外れていたが、首筋がうっすらと赤く腫《は》れている。

その赤みが白い肌に映えて、平凡な顔立ちながら妙に艶《なま》めかしい。どこぞに男がいるのだろうと、半四郎は勘繰《かんぐ》った。

「では、松野さまがおいでになったことですので、あらためまして当院の人間についで拙僧から」

軍師気取りの半四郎と半兵衛に、信覚は真妙院の人間を紹介しようとした。

「こういう最中《さなか》だ。皆の素性をなるべくくわしく教えてくれると助かる」

今のところは、この場に怪しい人物が混ざっているとは思わないが、脅してきているのは、妙真院のことをよく知っている人物だ。

その確信が、半四郎の、いかにも同心らしい台詞《せりふ》となった。

「うむ、それがよい。なるべくくわしくな」

半四郎に先を越されたせいか、松野はむっとした顔で言い添える。

「ではまず、これが拙僧の妾であるおきみです。年は二十七。地元《ところ》のいろは茶屋で勤めていたのを……そのう、拙僧がこっそりと身請《みう》けした女でございます」

かなりの売れっ子遊女であったに違いない。相当な美形だが、今は娘を拐かされて、憔悴《しょうすい》しきっていた。

「この子は、お真知の子守をしてくれているお貞。歳は……二十三であったかな。出自《しゅつじ》はというと……」

信覚は言いづらそうだった。

「はい。あたしも、いろは茶屋にいたんです」

お貞は自分で、そう答えた。

「お内儀《ないぎ》さんの、妹分だったのです。おかげで、あたしも廓《くるわ》を出られました」

つらい身の上を、お貞は淡々と語った。半四郎の目には、その口ぶりが健気《けなげ》に映っていた。

「拙僧がおきみを身請けしたとき、おきみの望みで一緒に身請けしたのでございます。女中として当寺に連れてまいりまして、お真知が生まれてからは、子守を兼ねてくれております」

お貞はふたりの軍師に、深く腰を折って低頭した。おとなしくて従順そうで、それでいて苦界《くがい》あがりの暗さを感じさせない娘だった。

「寺男の与吉《よきち》は、もう三十年も当院におります。真面目一途な男です」

貧相な寺男が、いつのまにか廊下の隅《すみ》で控えていた。

「しっかし、五千両も強請られるような金満の寺で、使用人がふたりしかいないってのは、少なくないかい」

半四郎は感じたままを口にした。

「いや、それはその、不要な人手をかけるのは、仏の道に背《そむ》くことになると」

信覚は、もごもごともらした。

「妙真院の住職は、谷中の寺町でも有名なけちだって、あっしのネタ元が言ってましたっけ」

磯八が、はばかりもなくそう言い放った。

「だけど、気に入りの妓《おんな》を身請けするときには、気前よく妹分の身請け代まで払ったわけだ。普段はどケチだが、ここぞというときには大金を惜しまねぇ。旦那とあっしへの口止め賃と探索の礼金も、おおいに期待してますぜ」

助平な金貸し坊主の実態をあますところなく喝破《かっぱ》され、信覚は目を白黒とさせている。

「絵に描いたような因業金貸しってわけか……とは言うものの」

嫌味な同心の風下に置かれたうえ、助け甲斐《がい》のない坊主だとは思ったが、当のお真知や母親のおきみのことを思うと、半四郎も逃げ出す気にはなれない。

「半兵衛軍師の添え役でもなんでもかまわねぇが、俺は俺でやるぜ。忍び込まれたとすれば、天井裏しかないよな。おい、八、手伝ってくれ」

半四郎はがらがらと、塗り籠の部屋の引き戸を開いた。磯八に肩車させて天井板を外し、屋根裏をのぞいてみた。

「埃《ほこり》だらけだぜ」

曲者が天井裏から来たならば、埃の上に足跡が残るはずであった。

半四郎はくしゃみをこらえながら、肩車をおりた。

「とすれば、床下から這《は》いあがってきたのかもしれんな」

松野がそうつぶやいたが、あとはそっぽを向いている。もうすっかり軍師殿気取りで、自分で動こうという気はないのだ。

「しかたねぇな。おい八、もぐろうぜ」

結局、半四郎と磯八が床下を這いずりまわる羽目《はめ》になった。ところが下にも、賊が闖入《ちんにゅう》してきた形跡はなかった。

埃と泥にまみれた半四郎は機嫌が悪くなり、

「この塗り籠部屋に忍び込むなんてのは、とうてい無理だぜ」

誰にともなく、当たりちらした。

すると信覚が、落ち着かなさそうに瞬きしているのが目にとまった。その隣でおきみも、居心地悪そうに襟元《えりもと》をつくろっている。

「おい、信覚坊主。おまえさん、なにか隠してねぇだろうな」

怪しいと睨んだ半四郎は、つかつかと信覚に近づいて胸倉《むなぐら》をつかみ、ぶぁんぶぁんと揺さぶってやった。

「ひぇ。お助けくださいまし!」

信覚は、辻斬《つじぎ》りにでも出くわしたような悲鳴をとどろかせた。

「お許しくださいませ。実は……」

おきみが、信覚をかばうように平伏した。

「この塗り籠の部屋には、隠し階段がもうけてあります。掛け軸《じく》の裏の壁をずらすと、地下の穴蔵に通じるようになっているのです」

半四郎が手を放してやると、信覚はそのまま畳の上にくずおれた。

「この穴蔵は、信覚さまにとって本丸《ほんまる》、ではなく、何者にも替えがたいご本堂のようなもの。それで、ついつい申しあげそびれてしまい」

くずおれていた信覚も半身を起こし、おきみと並んで平伏した。

半四郎は掛け軸を払いのけ、壁を押してみた。ぎぃと音がして、扉のように開いた。

「なるほどな」

武士でも町人でも、また坊主でも、金満な者は家の敷地の中に穴蔵をもうけることが多い。その穴蔵に、金だけでなく書画骨董《こっとう》なども入れておくのである。

江戸は火事が多い。身代《しんだい》をいっぺんに失って、零落《れいらく》してしまう者もいる。

穴蔵は泥棒除けであり、火事対策なのだ。

そんな事情もあって、江戸には穴蔵掘りの業者も数多《あまた》いて、霊巌島《れいがんじま》周辺にかたまって店開きしていた。

「この階段を下りると穴蔵です。その先は、この庫裏の裏手にある枯れ井戸と、さらにおきみとお真知を住まわせている、隣の家の寝間につながっております」

信覚は、すっかり観念したように白状した。

「この穴蔵に下りていく階段を使って、妾宅を行き来していたわけか。まったく使い道の多い隠し蔵だな。貯め込んだ金銀を隠しておいただけでなく、女犯の罪も隠していたとは」

おそらく賊は、枯れ井戸から侵入して穴蔵を通り、塗り籠の部屋に侵入したのだろう。半四郎は、そう確信した。

そしてもうひとつ。賊が、この妙真院の内部にくわしいこともわかった。

半四郎は居合わせた人々に、目線を順に向けた。

五幕

そのときであった。

かつんと響く音が、塗り籠の部屋にいる一同の耳に届いた。

「なんだ？」

木月が眉《まゆ》をあげた。

「どちらの方角からか、よく聞き取れませんでしたな」

松野が舌打ちしながら、そう返した。

「たぶん、本堂のほうです」

お貞がさっと廊下に出て、急ぎ足をした。

「お真知の身柄の引き渡しについて、なにか言ってきたのかもしれない」

半四郎たちも、お貞のあとを追った。

本堂は庭に面していた。

「服部さま、これが本堂に……」

お貞が、小石と投げ文を手にして、本堂から出てきた。

「お貞さんよ。おまえさんの耳のよさは、本物だぜ」

半四郎は片膝《かたひざ》をつくと、投げ文を開いてみた。

一同もおいおいやってきて、半四郎の背中ごしに、文に目を落とした。

『明日の夜・五つ時に五千両を持って、根津権現《ねづごんげん》の境内《けいだい》裏にある駒込稲荷《こまごめいなり》まで来い。信覚がひとりでくること。もしくは、運び役にひとりだけ介添え役がつくことを許す。そこで、お真知と五千両を交換する。町方などに知らせれば、お真知を殺したうえに、この読売を江戸中にばらまく』

添付されていた読売には、信覚の強欲ぶりや妻子のことが記されていた。

「あっしらの十八番《おはこ》である読売まで刷ってきやがった。強請りをする奴ってのは、誰しも同じような手口を考えますねぇ」

磯八は悔しそうに、半四郎の耳元でささやいた。

「ぐ、軍師殿……どうする……どうしたらよい？」

狂わんばかりの信覚は、松野の肩に両手を乗せて揺さぶった。

「信覚殿、この際だから尋ねるが、五千両は用意できますかな？」

松野は端的《たんてき》に問うた。

「いや、無体《むたい》な話だ。急に言われても、いかに金満な妙真院とて難しかろう」

そう木月が口をはさんだ。

「そうだよな。いくらなんでも、性急すぎるぜ。寛永寺本体ならばともかく、子院にいきなり五千両は、無理だろうよ……」

半四郎も、無理難題だとうなった。

そもそも金貸したるもの、手元に大金を遊ばせてはおかない。一両でも多く貸しつけて、一文でも多く利子を取るのが普通だ。

「……となると、打てる策は限られてくるな」

軍師・松野半兵衛は、顔に苦渋を浮かべた。

「い、いや、今ならば五千両くらいなんとかなります」

信覚は、重苦しい顔でそう口走った。

男たちは唖然《あぜん》とした顔で、信覚のありふれた丸い顔を見つめた。

「この坊主《たこ》、本当に持っていやがった……」

磯八がぽつりとつぶやき、ひとり、廊下を駆け戻った。

「なんとかなりはいたしますが……五千両は……」

いくら娘のためとはいえ、五千両は痛い。信覚がそんな胸中でいることを、その場の誰もが感じ取った。

「じゅ、住職さま。お真知は、住職さまのひとり娘でございますよ」

おきみとお貞は異口同音に発して、信覚に咎《とが》める目を向けた。

「いや、黙ってむざむざ五千両を、悪党に渡すつもりはない。この軍師の脳裏《のうり》にたった今、閃《ひらめ》いた策があります。心配はご無用に願いたい」

すっかりと軍師気取りの松野が、自信ありげにうなずいた。

一同の目線が、若い軍師の口元にそそがれる。

「その策とは……」

松野がおもむろに切り出したとき、またもや磯八がばたばたと騒々しく廊下を駆けてきた。

「大丈夫ですかい、住職さん。あっしの目には、千両箱が五つも転がっているようには、とうてい見えませんでしたぜ」

磯八はすばやく穴蔵に下りて、目算してきたらしい。

「迅速だのう」

同時に発した松野と木月だけでなく、この場に居合わせた全員が、磯八の行動力に感嘆《かんたん》した。

「おい、信覚。八はああ言っているが、おまえさんは金繰りに自信があるようだな。その自信の種を、わかりやすくこっちの黒田官兵衛にも話してみな」

半四郎に迫られて、信覚は、ぽつりぽつりと語りはじめた。

「奥州の山間《やまあい》に、如月藩という小藩がございます。その三万石の如月藩に請われ、拙僧は四千両を融通していたのです」

かなりの高利で貸し込んでいたに違いなかった。

「偶然ではございますが、明日は如月藩に長年貸していたその四千両が、五百両の利子をつけて戻ってくる日なのです。あとの五百両は、手持ちの金をかき集めればなんとかなると思います」

半四郎は長い息を吐いた。

一見普通の、ありきたりに見える寺が、大名相手に四千両も貸しつけていた。上野寛永寺の金力や恐るべし、といったところか。

「なぁに、さっきは念のために聞いただけで、五千両を持参することなどないぞ。わしに必勝の策がある。ここはひとつ『見せ金』でまいろう」

軍師松野は、あらためて一同に、策の中身を語り出した。

『俺は軍師半兵衛だ』などと格好よろしく見得《みえ》を切るからには、すごい智謀《ちぼう》の策が出てくるのではないか。半四郎すらそう思ったが、肩すかしであった。

ごくごく、ありふれた策だった。

見せ金として、小判の切餅を用意し、取り引きを前に相手に投げてやる。残りの切餅は、千両箱の上のほうにだけ並べておく。その下には、小石でも詰めておけばよい。

「まぁ、それでなんとかごまかせるであろう」

軍師半兵衛は、そうたかをくくった。

「そうだな、一割の五百両ぐらいを見せ金として用意すればよいだろう。切餅にして、二十個分だ」

この若い軍師は、思いのほか能天気な男なのではないか。半四郎は、そんな気がしてきた。

「軍師殿がそう申されるのなら……」

首をひねってはいたが、信覚も木月も一応は納得した。

「賊との取り引きも、如月藩から金が返済されてくるのも、明日のことでござる。夜もどっぷりと更《ふ》けてきた。ご一同も、さぞやお疲れのことでござろう。今夜のところは一度、散会してはいかがか」

自分の策が容《い》れられて上機嫌な軍師半兵衛が、人々をいたわってみせた。

「ああ、そうしよう。皆、それぞれゆっくりと休んで、明日の朝、また妙《こ》真《こ》院に集まることにしようぜ」

半四郎も、すぐさま同調した。

「そうは言っても信覚坊主とおきみさんは、眠れないだろうなぁ」

磯八の耳元にささやいた。

「そりゃそうでしょう。それからあの子守の姉さんも、ご同様じゃないですかい。情が深そうな顔しているし、最後にお真知についていたわけですからね」

「そうだな……」

お貞はおきみの肩に手を置き、優しくさすっていた。

六　幕

「おう、半ちゃん、戻ったか」

八丁堀の組屋敷に戻ると、斉之助と真鈴が晩飯を一緒に食おうと誘ってくれた。

「ありがたいなぁ、こんなに遅くまで待っていてくれたのかい。俺も八も、宵の口に握り飯ひとつ食っただけで、腹ぺこなんだ」

「そうだろう、そう思ってたよ」

亭主《ていしゅ》の導庵にも手伝わせて、四人分の膳《ぜん》を用意してくれたのは、里江であった。

久しぶりに半四郎長屋の面々が空き部屋に集まり、楽しい酒盛りとなった。

「で、半ちゃん、素っ破抜きのほうはどんな塩梅《あんばい》であった？」

問われるままに、半四郎は妙真院で見聞きしたことを斉之助と真鈴に伝えた。

今日の夕方から起きた一件のわりには、長い話となった。

「なんだかおもしろいお話……なんて言ったら、不謹慎ですよね」

真鈴が白い歯を見せて微笑《ほほえ》んだ。

「なるほど、如月藩《あそこ》は聞きしにまさる貧乏藩じゃのう。そんなありきたりの寺から、四千両も五千両も借りているのか」

斉之助は嘆息し、白い眉を寄せた。

「そういえば、町場で噂《うわさ》を小耳にはさんだのですが」

真鈴は頰を引き締めた。

「もう半年ばかり前に、如月藩の江戸家老がお腹を召したそうですよ。藩の台所がいよいよ苦しくなり、ほうぼうに追い貸しを頼みにいって、どこからも断られたようなのです」

真鈴の顔が曇った。

「おまけに、大口の金主《きんぬし》からは返済の繰り延べを断られて、その責任を取ったのだとか。金主はさすがに寝覚めが悪くなり、如月藩には半年間だけ返済を猶予《ゆうよ》したようなのですが」

その金主とは妙真院の信覚のことではないか。半四郎は、ぴんときた。

「それにしても、如月藩からの返金がある同じ日に身代金を要求してくるとは、拍子がよすぎるのう」

斉之助は、鯰髭《なまずひげ》をしごきながらつぶやいた。

「あたしも町場に流れている如月藩の噂を、もう少し拾ってみましょう」

そう真鈴が申し出てくれた。

半四郎は、こっくりとうなずいた。

翌朝、一同はふたたび妙真院で顔を合わせた。

（風変わりな同心だな）

軍師気取りの松野半兵衛であるが、今朝は寝癖《ねぐせ》で髪が乱れていた。そのうえに無精髭《びしょうひげ》まで浮いていた。

日髪日剃《ひがみひぞ》り。金まわりがよくて伊達者《だても》が多い町方の与力同心は、毎日、廻り髪結いを屋敷に呼んで、髪を結い直させ、顔に剃刀《かみそり》もあてさせる。

その後は湯屋に行って朝の一番風呂に浸《つ》かり、へちま水の青くさい匂《にお》いを漂わせて出勤してくる者もいる。しかし、この軍師殿から漂ってくるのは、うっすらとした酒の匂いだけであった。

もっとも、半四郎とて日髪日剃りなどはしないし、朝の湯屋にも行かない。だからといって、どうということでもない。

はっきりと様子が変なのは、むしろ信覚のほうであった。

しきりに貧乏揺すりして、落ち着かない。娘が拐かされているのだから無理もないが、昨日のほうがまだ落ち着いていた。

「どうした、信覚殿。今日は御坊《ごぼう》みずから、娘御を受け取りに出向いてもらわなければならないのだぞ」

「さよう、しっかりしてもらわなければ困る」

木月と軍師半兵衛が口を揃《そろ》えて、信覚を励ました。

「ふ、不安なのでござる」

信覚の貧乏揺すりが激しくなった。

「賊に、隠し蔵のことを知られてしまったわけでしょう。拙僧とおきみだけが知っている穴蔵と地下道だったはずなのに」

そこまで聞くと、半四郎にも信覚が懸念《けねん》していることが飲み込めてきた。

要するに、うまく見せ金だけでお真知を取りかえせたとしても、穴蔵の存在を賊に知られてしまっていることを思うと、先々が不安なのだ。

五百両でお真知を返したと知ったら、賊は怒り心頭《しんとう》に発するかもしれない。そうなれば、これからも妙真院と信覚をつけ狙ってくるのではないか。

そう考えると、いても立ってもいられないのだろう。

「つまり、そういうことが心配なのかい？」

さりげなく半四郎が確かめてみると、

「いかにもさようでございます。昨夜もお真知のことだけでなく、これからのことも案じられて、とうとう一睡《いっすい》もできませんでした」

くどくどと情けない声で、信覚はもらした。

「裏の枯れ井戸から忍び込まれるのが心配なら、井戸はふさいでしまえ。いや、念のために、隣の妾宅からつながる地下道も埋めてしまったほうがいいな」

半四郎がこともなげに言うと、

「こ、困ります」

信覚は狼狽《ろうばい》した。

「静かな寺町といえども、人目はあるのでございますから」

これまでのように、こっそりとおきみのところへ通えなくなる……そう目で訴

えていた
「信覚殿のお立場はわかった」

そこにまた軍師半兵衛が割り込んできて、立て板に水の弁舌《べんぜつ》を振るった。

「しばし大船に乗ったつもりで待っておられよ。我が必勝の策に、もうひとひねり、加えてみますので」

軍師半兵衛は両目を閉じて、思案をめぐらせた。

「よし、妙案が浮かんだ。妙真院の身代は、安泰でござる」

さして時を置かず、軍師殿は、ぱちんと両手を打った。


軍師半兵衛が考えた『もうひとひねり』は、存外に中身をともなっていた。

如月藩から返済されてくる四千五百両は、午後いちばんに届けられてくる。

それを、そっくりそのまま、本両替商である日本橋・駿河町《するがちょう》の三井《みつい》越後屋《えちごや》に持ち込んで、預けてしまえばよいというのである。

三井や鴻池《こうのいけ》に代表される本両替屋は、大名貸しをしたり、為替《かわせ》業務をする大手の両替屋である。

「本両替屋に預けておけば、まずは安心じゃ。拙者が三井まで千両箱を守って、同道することにいたす」

　軍師半兵衛は、もう決めてかかったような口調である。

「本両替屋ですか……たしかに安心は安心でしょうが」

　信覚は、あまり気乗りしない様子であった。

　そのあたりの信覚の思惑については、半四郎にも手に取るように理解できた。

「わかるぜ。日本橋の両替町や駿河町に集まっている本両替屋は、預け金をしても利子がつかないうえに、預かり賃まで取られるっていうからな」

　半四郎の言に、信覚は大きくうなずいた。

「おまけに、番頭手代《ばんとうてだい》の物腰は高慢かつ横柄で、いかにも預かってやっているという態度だそうじゃないか。どっちが客だかわからないと聞いたことがあるぜ」

　半四郎自身、今のところ本両替屋と付き合いはない。

　ただ、素っ破抜き稼業で、いつその知識が役立つやもしれない。

　そこで、本両替屋に出入りしている人間から、店でのやりとりなどを、半四郎なりに耳学問してきたのである。

　本両替屋は江戸に二十軒ばかりしかなく、何事にも目線が高い。それに比べて江戸に五百軒ほどある中小規模の銭両替屋は、利子もつくし、腰も低かった。

「料簡《りようけん》なされよ、信覚殿。安全なのは、本両替屋だ」

木月も、軍師半兵衛の策を支持する。

「夕刻までにはまだ間がある。もう少し皆で策を出しあったらどうかな」

半四郎は即断を避けるようにすすめた。

「仮に本両替屋に預けるにせよ、三井だけに持ち込まなくてもいいじゃないか。四千五百両をいくつかに分けて、分散させるという手もあるし、利息のことを考えたら、少しは銭両替に置いておくのもいいかもしれない」

親切で知恵を出したつもりの半四郎だったが、

「本軍師は拙者だ。銭軍師は黙っておられよ」

軍師半兵衛から、わけのわからぬ言いまわしで、いなされてしまった。

「やむをえません。銭軍師殿の案にも一理ありますが、ここは本軍師殿のおすすめに従い、しばらくの間は、三井に四千五百両を預けましょう」

信覚は、清水《きよみず》の舞台から飛び降りるような顔で、断を下《くだ》した。

「よし、ならば拙者が、四千五百両に同道いたすとして……」

松野半兵衛は、何事も自分の思いどおりに事を進める人物のようだ。

「銭軍師の服部殿には、信覚殿に介添えして、お真知を迎えにいっていただこう。

服部殿、見せ金と引き換えに、娘御を取り返してくるのだ。難しいお役目にござるぞ。ご油断めさるな」

半四郎は返事をせずに、じっと軍師半兵衛の、こけた頬を見つめていた。

七　幕

それから寺男の与吉が中心となり磯八も手伝って、手持ちの金で見せ金を用意した。それから二台の大八車も、近所の酒屋から借りてきた。

本堂を作業場にして、奉書紙《ほうしょがみ》で小判を二十五枚ずつ、包んでいく。

通称切餅だが、正確には包み金という。同じ二十五両入りだが、一分金百枚を方形に包んで封をしたものが、本来の切餅だ。

与吉は案外と器用な男で、本両替屋の手代のような手つきで、包み金をこしらえていった。

それから、便所紙である安物の浅草紙を丸めて、その上を奉書紙で包んだ偽《にせ》の包み金を、次々と空の千両箱に敷き詰めていく。

作業をしていると、真鈴が昼の握り飯を差し入れにきてくれた。

「あれから少し調べてみました。如月藩は、今回の妙真院への返済のために、町の高利貸しなどからもかき集めて借りたそうです」

こんなありきたりの寺が、歴《れき》とした大名をてんてこまいさせている。聞いていて半四郎は、奇妙な思いがした。

「それから、半年前に如月藩の江戸家老が切腹したときに、その次男である藩士が脱藩しています。徳山の御前から水野出羽守さまにご依頼していただいて、大急ぎで如月藩に照会してみたところ、杉新吾《すぎしんご》という三十半ばの男で、浪人して今も江戸にいるそうです」

「ふうん、三十代半ばの藩士か」

握り飯を食いながら、つぶやいた。

「はい。真面目で忠義一途の藩士だったそうです」

「真鈴、ありがとうよ。徳さんにも礼を言っておいてくれ」

半四郎は、握り飯が包んであった竹皮をたたむと、苦く笑った。

「杉新吾は甲源一刀流《こうげんいっとうりゅう》の達人とのこと……」

真鈴は三日月《みかづき》眉を寄せた。

「それから御前が、今夜もまた空き部屋で、皆で集まりたいと仰せですよ。昨夜がよほど楽しかったのでしょう。どんなに遅くなっても待っているからと」

「そうかい。昨夜は久しぶりだったからな。徳さんに土産話《みやげばなし》を聞かせるためにも、今夜のうちに、ばしっと決着をつけないとな」

半四郎がそう返すと、真鈴は一礼して去った。


それからお貞が茶を淹《い》れてきてくれたので、磯八とふたりで一服した。

「さっきは住職さままでが、服部さまに失礼なことを申し上げて」

お貞は、いかにもすまなそうな顔だ。

「ああ、銭軍師か。うまいこと言いやがると感心しているだけで、気になんかしちゃいないぜ」

半四郎が屈託《くったく》なく笑うと、お貞は、ほっとしたように頰をゆるめた。

「それから、お真知の迎えにいっていただけるそうで、ありがとうございます」

お貞はすぐに頰を引き締めて、低頭した。

「あのう……」

なにか言いかけたお貞だが、うっと口をつぐんだ。懐から白木綿の布を出して、口元にあてる。

「おまえさん……もしかして、赤ん坊がお腹にいるのかい？」

別れた女房との間に、四人の子がいる磯八が言い当てた。

「つわりか……丈夫な子が生まれるといいな。おまえさんの子なら、きっと耳がすごくいい子だぜ」

半四郎が優しく声をかけると、お貞は丁寧《ていねい》に腰を折って去っていった。

「お真知のお迎えか。なぁ、八よ。こいつは楽そうな仕事だぜ」

茶碗を置いた半四郎は、軍師半兵衛の傍《かたわ》らに寄った。

「南の与力である仁杉五郎右衛門《ひとすぎごろうえもん》殿に、以前に世話になったことがある。今もお達者にしておられますか？」

気安げに、そう問いかけた。

「ああ、五郎右衛門殿なら、あいかわらずお達者でござる」

軍師半兵衛も、気安くそう返してきた。

「そうですか、それはなにより。まぁ、よろしくお伝えください」

半四郎はゆっくりとした所作で磯八のところに戻り、耳打ちをした。

磯八は、えっ、と眉をつり上げた。

「それじゃ、今すぐに」

腰を上げた磯八は、妙真院を駆け出していった。

半四郎には、さしあたりすることがなかった。中庭に出て沈丁花《じんちょうげ》の甘い香りを嗅《か》いでいると、廊下の端と端に、軍師半兵衛とお貞が立っていた。

忙中閑《ぼうちゅうかん》あり。期せずして三人の人間が、その香木《こうぼく》のような芳香《ほうこう》を嗅いでいるのだった。

昼下がりに磯八が戻ってきて、半四郎に耳打ちした。

半四郎は、にやりと笑った。

如月藩からの返済は、やや遅れた。夕方近くになって大八車の音が、ごとごとと静かな寺町に響いた。

「周囲の寺は、別に訝《いぶか》しくは思わん。大名に貸し込んで、時季ごとに返済の大八車がやってくるのは、妙真院《ここ》だけではないからな」

と、木月が訳知り顔で言った。

如月藩の勘定方《かんじょうかた》の役人と信覚の間で、証文のやりとりがあった。

「間に合いました。金詰まりでは定評のある貧乏藩のことですので、よもやとは思いましたが」

つつがなく返済されてきた貸し金に、信覚は安堵《あんど》のため息をついた。

「ついでのことだ。積み替えを手伝ってもらおう」

軍師半兵衛が、如月藩の役人に交渉した。

「承知いたした。だからというわけではないが、今後とも当家のことをよしなに頼みますぞ」

役人は荷物運びの人足である車力《しやりき》たちに、顎《あご》をしゃくった。

車力たちの手により、筵《むしろ》をかぶせられて人目につかなくした五つの千両箱が、右から左に、如月藩が仕立てた大八車から、こちらの大八車へと移された。

信覚は、まるで我が子を波濤《はとう》万里《ばんり》の彼方に旅立たせる親のように、涙ぐんでいる。

「では行ってまいる。これ、信覚どの、心配は無用じゃ。涙こそ不吉でござるぞ。ああそれから、子守殿も心配せずともよい。ではまたのちほどな」

お貞にまで気遣った軍師半兵衛は、与吉に大八車をひかせて、道を南にくだっていった。向かうは日本橋駿河町の本両替・三井である。

「八」

「へい、任しといておくれなさい」

そのあとを、こっそりと磯八がつけていった。

「では、わしも今日はこれで失礼する。花見の季節が近いので、その取り締りの打ち合わせがある」

　木月も妙真院を去った。

「ならば、こちらも出かけるか」

　半四郎はもう一台の大八車に、自力で五つの千両箱をくくりつけた。わずかな見せ金と、便所紙の包み金を入れた千両箱だ。

　緊張のせいか、信覚は腰をがたがたと震わしてしまっていた。

「まったく、坊主ってのは役に立たねぇな」

　しかたない。半四郎が荷台の前の、口の字型の枠に入り、よいしょとばかり、取っ手を押し込んで荷台を引き上げた。

　贋金《にせがね》が主体の荷とはいえ、かなり重い。

「服部さまに、このようなことまでしていただいて。恐縮のいたりではございますが、なにとぞお真知のことを……」

　おきみとお貞が、深く腰を折って見送ってきた。

「なぁに、いいってことよ。まぁ、近くなんでなんとかなるだろう。おい、信覚、行くぞ」

半四郎は踏ん張り、満身の力をこめて大八車を引きはじめた。

「せ、拙僧も微力ながら」

信覚が後ろから押す素振《そぶ》りを見せるが、ろくに力がこめられていないのは、見え見えであった。

春まだ浅い江戸の宵は、もうどっぷりと暗い。

押し役としてはまるで役立たずの信覚には、小田原提灯《おだわらちょうちん》を持たせて先導させることにした。

谷中と根津は指呼《しこ》の間である。

すぐに根津権現裏の駒込神明社についたが、賊の一味らしい姿はなかった。

「ぜ、銭軍師……いや、服部殿、まだ約束の刻限には早すぎましたかな」

「早いことは早いが、どっちにしろ敵は来ないかもしれねぇ。俺も大汗をかいてまで、重たい荷物を引きずってくるまでもなかったのだが」

「それはいったい、どういうことでござる？　お真知は、たしかに取り戻せるのでございましょうな」

信覚は闇の中で、取り乱した。

「がたつかなくとも大丈夫だ。耳を澄ましてみろ」

信覚はがちがちと歯を鳴らしていたが、半四郎は耳を澄ましていた。

小さな子どもの泣き声が聞こえた。

「どうだ、聞こえるだろう」

「は、は、はい、聞こえます。お真知に、お真知に違いありません」

信覚は、がくがくと首を縦に振った。

「けれど、賊の姿が見当たりませんが……」

「まぁ、そんなところだろうぜ。それより、あそこだ」

半四郎は、すたすたと歩いて、神明社の社殿を開けた。

「お真知坊だな」

お真知は母親似の、可憐《かれん》な少女であった。両手を縛られていて、ゆるく猿轡《さるぐつわ》をかまされている。

「ごめんな。ひとりで、さぞや心細かったろう。すぐにおっかさんのところに、連れていってやるからな」

縄を解いて猿轡を外してやると、

「おじちゃん」

お真知は半四郎に、しがみついてきた。

「あ、住職さまもいた」

お真知は信覚のことを、父親とは聞かされていないらしい。

「信覚よ、おまえさんは大八車を引いて、ひとりでゆっくり帰ってこい」

すぐになついてきたお真知を肩車した半四郎は、飛ぶように妙真院に戻った。

おきみにお真知を届けてやると、母娘は頬を寄せて抱きしめあい、言葉を忘れたかのようだった。

この母娘はもう大丈夫だ。半四郎は、胸を撫《な》でおろした。

「さて、腹が減ったな。湯漬けでも食いたいが……お貞さんは留守だよな」

半四郎は庫裏を見まわしたが、時を忘れて見つめあっている母娘のほかは、誰もいなかった。

しかたなく、半四郎は台所に行って、飯びつから冷や飯を飯椀に盛り、湯をかけて食った。食い終わると羽織を脱いで、古伊賀乗村の鞘《さや》についた組み紐《ひも》を解いて襷《たすき》がけをしつつ、磯八の帰りを待った。

半刻ほどして、信覚が大汗をかいて戻ってきた。母娘の様子を見て頬をゆるめると、なにか聞きたそうに半四郎のそばに寄ってくる。

「あとにしろ。これから人を斬るかもしれないんだ」

半四郎は取りつく島もないように、ぶっきらぼうな声を発した。

それからさらに半刻ほどして、ようやく磯八が戻ってきた。

「旦那、あっしは、もう足が棒になりましたぜ。昼間っから、どれだけ駆けずりまわったことか」

四千五百両を載せた大八車は、まず日本橋両替町にある三谷三九郎《みたにさんくろう》の店に行き、ついで川村屋《かわむらや》、加島屋《かしまや》、泉屋住友《いずみやすみとも》と、三井を除いた最大手の本両替屋を順繰りにまわったという。

「一軒一軒で、かなり時間を食っていました」

「そうだろう。あの本軍師殿は、ちゃっかり銭軍師である俺の策を真似て、いくつかの本両替屋から預かり書を受け取ったんだ。それからどうした？」

「へい、おおむね旦那のお見立てのとおりでした。そのあと本軍師殿は、駒込にある裏長屋に入っていきました。それで、その裏長屋ってのは……」

駒込の如月藩邸の、すぐ裏手であったという。

「それからなんですが、驚くなかれ……」

「驚くことはない、そこにお貞さんがやってきたのだろう。しかし八よ、脱藩した藩士が、藩邸のそばになんか普通は住みたがらないよな。さて、出張るぜ」

「えっ、これからですかい」

磯八はその場にへたり込みそうになった。

「湯漬けを食う間だけ、待ってやる。早く腹に詰め込んでこい」

八　幕

間に合った。すっかりと旅支度を整えて、長屋の腰高障子を閉めた軍師半兵衛の前に、半四郎と磯八が立ちはだかった。

「偽軍師であり偽同心のもと如月藩士・杉新吾だな」

半四郎はしっかりと相手を見据《みす》えながら、そう告げた。

「いかにも杉新吾でござる」

松野半兵衛こと杉新吾に、悪びれた様子はなかった。

「お内儀はまだ中かい。おい、お貞さん、なにも遠慮することはない。一緒に話をしようじゃないか」

ややあって腰高障子が開かれた。やはり旅支度をしたお貞が、恥じたように面《おもて》を伏せて姿を現した。

新吾とお貞は、これから如月藩に本両替屋の預かり証文を届け、その足で故郷の奥州にでも逃《のが》れるつもりであったのだろう。

北町同心・松野半兵衛こと杉新吾は、静かな眼差しで見つめ返してきた。

「服部殿は、どこで拙者が偽者だと気づかれました？」

「端《はな》っから、おかしいとは思っていたぜ。あんた、役作りしすぎだよ」

半四郎は、いたわる目を新吾に向けた。

「役所ってのは、人を型に押し込める力がある。だから町奉行所でも、俺みたいな風来坊や変わり者は、とにかく目立つんだ。俺のぐうたらぶりは北町だけじゃなくて、南町でも鳴り響いているぜ。南町に竹中半兵衛のような切れ者軍師がいたら、さすがに北でも有名になっているはずだ」

新吾は、そっと目を落とした。

「それから、南町にいるのは仁杉五郎右衛門ではなくて、八郎右衛門《はちろうえもん》だ」

南町では、仁杉、原《はら》、佐久間の三家が名家として幅をきかせている。それで、新吾はひっかかったのだ。

「たしかに南町に、松野半兵衛は実在している。ただしご本尊は打ち合わせで、今日は一日、北町に来ていた。今頃は両国か柳橋あたりで、一杯やっているころだろうぜ」

昼間、半四郎は磯八を走らせて、上司である橋廻り与力・佐藤文太郎から、その情報を得ていた。

（しかし、この杉新吾。軍師気取りをしていたときとは、まるで感じが違うな）

面前にいる新吾は穏やかで、かつ堅物《かたぶつ》そうな風貌《ふうぼう》をしていた。偽軍師の高慢さや横柄さは、全然ない。

同心に化けるにあたって、素の自分とは正反対に振る舞ったのだろう。

それに、筋書きどおりに信覚を従わせるためには、多少強引なほうがよい。

「銭軍師などと、再三の無礼な物言い、どうかお許しくだされ」

半四郎に低頭しつつ、新吾は、懐から取り出した油紙の包みを、お貞に渡した。

数軒分の本両替屋への預け証だろう。

「服部さま、お許しくださいませ」

油紙を握りながら、お貞は嗚咽した。

「でも、わたしのことは、どうして……」

新吾に与《くみ》していたことを、どうして見破られたのか。まるで見当がつかないらしく、上目遣《うわめづか》いをしてきた。

「音だ」

半四郎は淡々と返した。

「投げ文が投げ込まれたとき、お貞さんは真っ先に本堂に駆けつけた。あれで、わかったよ。投げ文はもとからして、お貞さんの懐にあったとね」

お貞は小刻みに首を振った。

「音がした方角を特定するのは、案外に難しい。俺は死んだ親父から、伊賀に伝わる業《わざ》を教わった。左右の耳で、響いてくる音には、かすかな違いがある。その差異を聞き分けて、響いてきた方角を特定する業だが、なかなか気骨が折れる」

半四郎は、頬をゆがめて笑った。

「低い音の場合は特になのだが、音のした方角を、聞いたあとから特定するのは本当に難しい。ところが、お貞さんはそれをやった。あれが本当に聞き分けられていたのなら、おまえさんは、日《ひ》の本《もと》一のくの一だぜ」

お貞は長い吐息をついた。

新吾は頬を紅く染めた。

「畏れいり申した。拙者は偽軍師。服部殿こそが、本物の軍師でござる。その軍師半四郎殿に申し上げる」

願う目を、新吾は向けてきた。

「このお貞と、腹の子には咎はござらん。奉行所に応援を求める山同心の書付けを握り潰し、同心に化け込んだ拙者を妙真院に引き入れさせるなど、すべては拙者がお貞に命じたこと」

新吾は悪びれもせず、事の背景を語り出した。

「また、如月藩ともなんらかかわりはござらん。すべては、妙真院のために父を失った拙者個人の遺恨《いこん》により、拙者ひとりで描いた企みでござった」

新吾はそう言い切った。

「信覚殿を罠《わな》にはめる算段を練っておるうちに、拙者は旧知のお貞と再会いたしました。お笑いくだされ、拙者にとってお貞は、ただひとりの女子でござる」

駒込の如月藩邸と谷中のいろは茶屋の遊里は、ごく近い。

数年前、新吾はごく普通の独り身の若い藩士として、いろは茶屋にあがり、寂しげな風情《ふぜい》の遊女だったお貞と、ごく普通に想いあう仲となった。

ところがお貞は、姉貴分の遊女と一緒に身請けされ、末を誓《ちか》いあったふたりの仲は切れた。

「これこそ仏縁でござりましょう。藩の密命により脱藩した拙者は、信覚殿に一度返した金を奪取せよとの無理難題を、藩から命じられておりました。途方に暮れて妙真院の近くをさまようちに、お貞と再会したのです」

ふたりは、信覚とおきみの目をかすめながら、穴蔵に通じる地下道で逢い引きを重ね、今回の狂言を思いついたということであった。

「如月藩を去った拙者は、信覚殿の身辺を入念に探っておりました。人望がなく知己《ちき》の少ない信覚殿を脅せば、かならず数少ない知己である山同心の木月殿に相談すると、確信したのです」

もとからして山同心とは、こうした際に相談を受けるべき立場でもある。

「その木月殿には、南町に懇意《こんい》の与力がおられた。才覚もないし、人のために汗をかく気もない木月殿は、かならずその与力を頼るに違いない。そのことも、確信いたしたのです」

そこまで読み切って書いた、狂言の筋書きであった。

「拐かしてきたあとの娘御の世話は、同じ長屋に住む産婆《さんば》に頼み申した。気のいい産婆は、事情を勘繰りもせずに引き受けてくれたのです」

ここからお真知を駒込神明社まで連れてきたのは、その産婆なのであろう。

「新吾さん、流れはすっかりと飲み込めたぜ」

半四郎は、すっぱりと言った。

「少しだけ話が嚙みあわないのは、おまえさんが藩をかばっているからだよ。ひとりで企んだわけではなく、すべては藩命でやったこと……その本両替商の預け証も、どうせ如月藩の名義になっているのだろう」

新吾は、はっとして手を口にあてた。

「寺社地のなかでのことなら、町方は管轄外だ。それに俺も、あの信覚坊主は気に入らねぇ。見逃してやりたいのはやまやまだが、俺は御庭番でもあるんでな。おもしろくもない結末だが、金は信覚に戻してもらわないとな」

新吾は低頭したが、低くしたままの頭を横に振った。

「脱藩したとはいえ、拙者にとって、四千五百両の奪取は主命そのもの。おいそれとはお渡しでき申さぬ。それに……藩も民も飢《う》えておる。藩にとって、どうしても要《い》りような金なのでござる」

切々とした口調で、新吾は陸奥《みちのく》の小藩の窮状《きゆうじよう》を訴えた。

ここ数年、山背《やませ》と呼ばれる北風が吹き荒れ、如月藩領は飢饉《けかち》となった。

老若男女は飢え、育ち盛りの子が木の根をしゃぶっている。見目のよい娘は、山女衒《やまぜげん》に買われて、江戸の遊里に流されてくる。

磯八が、呆然として聞いている。半四郎も無闇に胸が苦しくなった。

とはいえ、互いに立場がある。半四郎とて、見逃してやりたいのは、やまやまなのだが……。

「ならば武士らしく、剣で雌雄《しゆう》を決していただけませんか。拙者が敗れれば、いさぎよく証書はお渡しいたします」

新吾の願いを、半四郎は容《い》れた。

ふたりは近くの白山《はくさん》権現の境内で向かいあった。

『杉新吾は甲源一刀流の達人』

真鈴の言葉が、耳によみがえってきた。

半四郎は古伊賀乗村を正眼《せいがん》から、やや右目に崩した。

新吾は正眼のまま微動だにしない。重厚な構えだった。

二間半の間合いで、半四郎は勝負の潮目を感じようとしていた。

（性格なのだろうな、隙《すき》がなさすぎる）

太刀筋も融通が利かなそうだった。道場では強い剣士だろう。半四郎は嫌な予感がした。あっけなく自分が勝ってしまう予感だ。

外見からはうかがいにくいのだが、半四郎はかなり強いのだ。

「やめにしよう。相打ちになる予感がした」

とっさにでたらめを発しつつ、半四郎は古伊賀乗村を鞘に戻した。

「服部殿……」

新吾もまた納刀すると、その場にどっかと胡坐《あぐら》をかいた。

「これにてごめん！」

脇差《わきざし》を抜いた新吾は、腹に突き立てようとする。

お貞の悲鳴を耳に受けながら、半四郎は新吾に飛びついた。

「父子二代で切腹なんて洒落《しやれ》にもならねぇ。心配するな、如月藩の民は、この俺が飢えさせやしない」

「えっ！」

新吾の目が点になった。

「どうやって……」

「だから預け金の証書は、一度、返してもらう。返してもらって信覚に戻すが、すぐにまた俺が、信覚から取り返してやる。それでそれを、如月藩にまわしてやるからよ」

「そ、そんな手妻《てづま》のようなことが……」

寄り添ってきたお貞と手を握りあいながら、新吾は目をぱちくりとさせている。

「俺たちなら、それができるんだ。なにしろ、俺たちの本業だからな。なぁ八、さっそく明日からとりかかろうぜ」

「おっと、合点承知助《がってんしょうちのすけ》。素っ破抜きですね。任しておくんなさい。こっちは、端《はな》っからそのつもりで、八丁堀から出張ってきたんですから」

磯八は、拳《こぶし》で胸をぽんと叩《たた》いた。

「でも、どうやって……」

新吾はまだ半信半疑の様子だ。

「おまえさんの企みに巻き込まれたおかげで、信覚のすべてを掌握《しょうあく》したからな」

「へへ、いくらぐらい貯め込んでるのかも、金の在り処《あか》も、それに弱みもね」

半四郎と磯八は、顔を見合わせて、にっと笑った。

「細かいことは聞くな。細工は流々仕上げを御覧《ごろう》じろってやつだ。四千五百両、まるっと取り返せるかはわからないが、近いところまでは、かならずむしりとってきてやる。何千両、身代が減ろうと、信覚親子三人が生活《たつき》に窮《きゆう》するわけじゃない。だから、こっちも気が楽だ」

お貞は半四郎に両手を合わせると、預け金の証書を差し出してきた。

「ああ、こっちも忘れるところだった」

半四郎はお貞から、預かり証文を受け取ると、代わりに懐の切餅ひとつを、お貞に渡した。

「新吾さんの奥州の在に行って、丈夫な子を産むといい。そのうちに、俺と八の素っ破抜きの首尾《しゆび》が、噂で流れていくかもしれない」

「そ、そんな……こ、こんな大金を」

お貞は、手を震わせた。

「この金は見せ金のなかから、さっき抜いておいたものだ。お貞さんは、妙真院に奉公していた。辞《や》めるなら暇金《いとまきん》をもらって当然だろう。奥州までの路銀《ろぎん》と、新しい所帯を持つのに使うといい」

半四郎は、お貞の肩をぽんぽんと叩いた。

「心配するな、あとで俺のほうから信覚坊主と、おきみさんに了解を取っておく。評判のけち坊主だが、万が一にも嫌とは言わないだろう」

「服部殿、それに磯八殿も……このとおりにござる」

「なんとお礼を申しあげたらよいのか」

ひたすら頭《こうべ》を垂れるふたりの背を押して、半四郎と磯八は、夫婦の門出を見送った。

第三話　死人《しびと》と添う女

一幕

磯八の知り合いに、笹平《ささへい》という男がいる。磯八とはよく岡場所で割り床になる仲である。割り床とは、安手の岡場所で何人かの客が相部屋になって、ことにおよぶことだ。

「それが、旦那《だんな》、笹のやつが、おもしろそうな話を持ち込んできやがったんです。まぁ素《す》っ破抜《ぱぬ》きのネタにならないことも、なさそうなんで」

磯八は昨夜、煮売り酒屋で笹平と会ってきたという。

「笹の奴は、もとはさる御家人の屋敷で中間《ちゅうげん》をしていましてね。その御家人はひどい変わり者のうえに、身持ちが悪かったそうです。あのころから笹公は、よくあっしにこぼしていましたっけ」

笹平は三年前に、給金の未払いにたえかねて、屋敷を逃げ出した。

今は岡場所の下働きの若衆《わかいしゅ》をしたり小博打《こばくち》を打ったりして、ぶらぶらしながら暮らしているという。

「それが、やっこさん、ここのところ運《ツキ》に見放されましてね。大きく負け越して、かなりまずいことになった。そんな笹公に、博打の元手を融通《ゆうずう》してくれるお大尽《だいじん》なんていているわけがない。背に腹は代えられない。それで、二度と顔を見たくないと思っていたもとの主人のところに、泣きつきにいったらしいんです」

組屋敷の座敷で寝転びながら、半四郎は磯八の話を聞いている。

「ふぅん、それでその笹公の主人というのは、なんという御家人なんだ？」

「赤坂一ツ木町《あかさかひとつぎちょう》に住む御家人で、矢田吉次郎《やだきちじろう》。四十俵取りの御家人で、代々の小《こ》普請組《ぶしんぐみ》です」

小普請《むやく》のまま百年近く過ごした家で、言うまでもなく窮迫《きゅうはく》していた。

磯八は侮《あなど》った口ぶりで、言葉をつないだ。

「絵に描いたような貧乏御家人なうえに、とにかく物臭な人間だそうで、ずっと独り身だったそうです。死んだ親父さんの吉右衛門《きちえもん》てのと、よく似た父子で、偏屈《へんくつ》で人付き合いが苦手。もともと親戚《しんせき》も少ないうえに、お役に就《つ》こうという気もないから、自然と世間からは孤立していったんです」

いつものことながら、ネタを持ち込んだときの磯八は、まるで見てきたような物言いをする。

「十日も風呂に入らなくても平気なような、むさい男でね。それでも二十代の初めに一度、嫁を迎えたんですが、三月《みつき》で離縁となりました」

自分も女房に逃げられた口のくせに、磯八は鼻で笑った。

「吉次郎は今、三十半《なか》ばになるんですが、むろんのこと後妻なんて来やしませんや。従って、跡取りになる子もいない。給金もろくに払わないので、笹平のほかにいた下男と女中も、何年か前に逃げ出したそうです」

吉次郎をけなす磯八の弁《べん》は、止《まくら》まりそうもない。

「あいかわらずおまえの話は、枕が長いな」

半四郎は欠伸《あくび》をもらした。

「話はこれからです。出戻るにしても、さすがにためらいがあった。笹公はまず屋敷の中を、破れた木塀《きべい》の間からのぞいてみたんです。そうしたら……」

磯八はいわくありげに、両眉《まゆ》をつり上げた。

「いつもだらだら寝そべっていた居間に、吉次郎の姿が見えない。居るのは、若い武家の妻女風《さいじょふう》の女がひとりだけだった、と……」

「それで、どうしたんだ」

　半四郎は先をせかした。

「笹公は言うんです。あの主人に、まともな女が嫁いでくるわけがない。きっと夜鷹《よたか》かなにかを連れ込んで、そのまま居座られたんだろうってね。それで、あっしに話を持ち込んできたってわけです」

　淫売女だと目星はつけたが、それにしてもかなりの美形であったという。

「どうです、旦那。歴《れき》とした御家人が、怪しげな女を屋敷に引っ張り込んで、女房同然にしていやがるわけですよ」

　磯八は、にかっと笑った。

「つまりはあれか、その貧乏御家人の不行状をネタに、強請《ゆす》ろうって魂胆《こんたん》か」

　半四郎はため息が出る思いがした。強請りネタとしては、いかにも弱い。

　それに幕臣の端くれでありながら、不行状なのはこちらもお互いさまだ。だいたいからして、そんな貧乏御家人を強請って、逆さにして振っても、鐚銭《びたせん》が何枚か出てくるのがせいぜいだろう。前回のように、金満な金貸し坊主を的《まと》にして素っ破抜きにかけるのとは違うのだ。

「だいたい、まっとうに嫁《か》してきた妻女ってこともありえるぜ。八よ、おまえの素っ破抜きの大福帳《だいふくちょう》も、いよいよネタ切れになってきたな」

「つれないこと、言わないでくださいよ。もうこのネタを笹公から、一分《いちぶ》で買っちまったんですから」

「一分だと？　おまえって奴は、抜け目ないようでいて、その実、抜け目だらけだな」

半四郎は呆《あき》れた。とはいえ、わざわざ金で買ったネタなら、うっちゃっておくわけにもいかない。どれ、動いてみるかと、半四郎は腰をあげた。

斉之助は徳山家のほうでいろいろと用事があるらしく、このところ半四郎長屋に顔を出さない。

「では、あたしが徳山の御前の代わりに、お供いたしましょう」

と、真鈴が同行を申し出た。

半四郎が昼まで朝寝をしているということもあるが、素っ破抜きに出向く時刻としては、なんとなく夕方が多い。日の高いうちは、気が引けるのだ。

半四郎、真鈴、磯八の三人は、日が暮れはじめるのを待って、赤坂まで出張った。

意外であった。赤坂一ツ木町の矢田屋敷の玄関で、半四郎たちを迎えたのは、恰幅《かっぷく》がよく身分のありそうな、四十半ばの武士であった。

「拙者《せっしゃ》は、舞浜六左衛門《まいはまろくざえもん》でござる。当家の主《あるじ》である矢田吉次郎の上司で、小普請《こぶしん》組頭《くみがしら》を務めておる」

六左衛門は、二百俵取りの旗本とのことだった。組頭とは、いわば小普請の武士たちの相談役のようなものである。

「わしは、吉次郎と妻女である波江《なみえ》殿の、仲人《なこうど》でもある。それで今夜は、病《やまい》で長く臥《ふ》せっておる吉次郎の見舞いに寄ったところなのだ」

こちらから聞きもしないのに、六左衛門はよくしゃべった。

磯八はさんざん馬鹿にしていたが、実際に矢田吉次郎には後妻が来たらしい。どちらにせよ、この屋敷は素っ破抜きをかけるような相手ではなさそうだ。

「身形《みなり》からすると、おぬしは八丁堀の同心のようじゃな。そこの狸顔《たぬきがお》は、手先の下っ引きか。美形も入れて三人組とは妙な取り合わせじゃが、せっかく来たのだから、まぁ上がっていきなされ」

人なつっこい性格なのだろうか。六左衛門は皆を手招いた。

貧乏御家人だと聞かされていたが、案外、清々《せいせい》とした座敷だった。古畳ではあるが、さほどささくれだってもいない。

波江という女が顔を出して、挨拶《あいさつ》を交わした。

「どうぞごゆるりと」

波江は茶だけ出すと、すぐ奥に引っ込もうとした。

「ご新造《しんぞ》さま。お恥ずかしいのですが、あたしは厠《かわや》が近くて」

真鈴が、本当に恥ずかしそうな風情《ふぜい》で訴えた。

「こちらです。どうぞ、ご遠慮なさらずに」

口を開くと、波江はしごく親切そうな女性《にょしょう》だった。

だが、どこか身体が悪いのではないか……波江の後ろ姿を見て、半四郎はそう感じた。

波江の頬《ほお》は、血の色が薄かった。細面《ほそおもて》の美形だが、寂しげな表情である。年は二十歳をいくつか過ぎた頃合《ころあい》だろうか。

もしかして遊里の上がりなのではないか。半四郎の脳裏《のうり》に、そんな推量が浮かんだ。

「して、おぬしらは、なにをしに当家を訪ねてこられたのだ?」

ずるっと茶をすすると、六左衛門は思い出したように、ごく当たりまえの問いを発してきた。

「そ、それがそのう」

問われて半四郎は、しどろもどろになった。

「まもなく桜も咲きましょう。このあたりで花見をするとなると、どこが名所でございますかな」

愚《ぐ》にもつかない質問を口にして、とにかく間《ま》をもたせようとした。

「半四郎さま……」

厠から戻ってきた真鈴が、耳元でささやいた。

「病で臥せっているご当主の姿など、影も形も見えません。この屋敷にはやはり、なにかいわくがあるようです」

広くはない小禄《しょうろく》の御家人屋敷である。真鈴はすばやく天井裏にあがり、屋敷中に目を落としてきた様子であった。

半四郎は、にやりと笑った。

「俺は北の橋廻りで、服部半四郎だ。当家の吉次郎さんとは、旧知の仲でしてね。

実は、一両ばかり金も貸している。今夜はその催促《さいそく》も兼ねて、見舞いにやってきたわけでね。ですから、ぜひとも奴の顔を見て帰りますぜ」

はったりをかませてやると、六左衛門の目が大きくなった。貧乏揺すりをしながら、怯《おび》えた目を向けてくる。

「ああ、今、思い出しましたぞ。北の服部殿といえば、怪しげな片手業《かたてわざ》をしていると噂《うわさ》のある、あの服部殿でござるか？」

北のぐうたら同心のことは噂に聞いているのだろうが、半四郎が新たに御庭番を兼任したことまでは、耳にしていないようだった。

「俺はお役目に務める真面目同心だぜ。今日は、吉次郎と妻女のことで確かめたいこともあって、やってきたのだ」

六左衛門の目が、さらに見開かれた。ぎょろ目を剝《む》いて、何事か必死に思案をめぐらしているかに見えた。

ややあって、六左衛門はぬらっとした笑みを浮かべた。

「噂に名高い服部殿と、かようなところでお目にかかれるとは、思いもしませんでした」

六左衛門は、どこか媚《こ》びるような口調である。

「実は拙者も、吉次郎と妻女のことでは気をもんでおりましてな。よい機会じゃ。これより折入って、お話、いやお願いしたいことがござる。いかがでござろう。これから場所を変えて、一献《いっこん》、受けてくださらぬか」

六左衛門はぺこりと頭をさげると、袖《そで》を引くようにして、半四郎に同道をうながしてきた。

二　幕

それから、赤坂から銀座《ぎんざ》の先の木挽町《こびきちょう》まで、ずいぶんと歩かされた。

あともう少しで着くというところで、雨が降り出した。一行は思い思いに懐《ふところ》から手布巾《てふきん》を取り出し、顔に巻いたり、頭に乗せたりした。

海から春の嵐風《あらし》が近づいているらしく、汐留橋《しおどめばし》で船を繋《つな》ぎとめている舫《もや》い綱《づな》が、ぎぃぎぃと悲鳴をあげる音が響いてきた。

人目をはばかる依頼らしく、六左衛門は船宿で話をしたいという。

船宿・千賀《せんが》の二階座敷の明かり障子《しょうじ》には、降りしきる雨が繁《し》吹《ぶ》くさまが、影絵のように映し出されていた。

女中が酒肴《しゅこう》の用意をして去るなり、六左衛門はがばっと身を投げ、額を畳にこすりつけて平伏した。

「服部殿を花も実もある同心と見込んで、お願いいたす。ぜひにも、この拙者に協力、いや一味同心《いちみどうしん》していただきたいことがござる」

「儲《もう》け話なら乗りますぜ」

ただ酒にありついて上機嫌な磯八が、そう応じた。

「されば申し上げる。先ほどちらりと顔を出した、波江と申す女……あの者と、あの者の死んだ亭主《ていしゅ》を、離縁させてほしいのでござる」

――死んだ亭主と離縁させる。

いきなりそう切り出され、半四郎たちは面食らった。

「拙者の配下の御家人であった矢田吉次郎は、人付き合いが苦手で妻子もなく、世間との交流もありませんでした」

矢田吉次郎は、もうこの世にいない……六左衛門の口ぶりからすると、そういうことのようだ。

「例外的に交わりがあるのは、上司である拙者と、俸禄米《ほうろくまい》の受け取りの関係で、蔵前《くらまえ》の札差《ふださし》の手代《てだい》ぐらいなものでござった」

ネタを売り込んできた笹平が言っていたとおりの、吉次郎の人となりと暮らしぶりが、六左衛門の口からも出た。

「矢田家は窮迫しておりました。やむなく拙者は、吉次郎に五両貸していたのでござるが、肝心の当人が、一年前に流行病《はやりやまい》で急逝《きゅうせい》してしまったのでござる」

吉次郎は行年《ぎょうねん》、まだ三十三という若さであった。

「拙者は、はたと弱りました。それで……」

六左衛門はそこでふたたび、芝居がかった所作で平伏した。

「これより先は服部半四郎殿を、北町一のぐうたら、あいや、ぐうたらなれど凄《すご》腕《うで》で、頼まれれば断れない義侠心《ぎきょうしん》に富んだ武士と見込んで、お打ち明けいたす」

おだてられて気分がよかったし、これも成り行きであった。

半四郎は、こっくりとうなずいてしまった。

「まずはお察しくだされ。拙者は上司として情にほだされて、彼《か》の者に五両も貸し込んでいたのでござる。普通、組頭と組子《くみこ》といえば、逆の立場じゃ。拙者のほうが吉次郎から、季節の付け届けなど受けるのが普通でござる。それなのに……」

いとも情けなさそうな顔をして、六左衛門は続けた。

「おわかりいただきたい。五両といえば大金じゃ。そう簡単にあきらめきれるものではござるまい。とは申せ、吉次郎の家に蓄《たくわ》えなどなく、また碌《ろく》な家財もないことは、火を見るよりもあきらか」

六左衛門の物言いは、相当に愚痴《ぐち》っぽい。

「拙者は五両の貸金を回収するために、やむなく一計を案じたのでござる。それと……あわよくばそれ以上に、矢田家をネタに儲けてやろうと……。家さえ存続していれば、たとえ当主は穀潰《ごくつぶ》しで、年柄年中、ぐうたらしていても、家禄にはありつけますからな」

六左衛門は小ずるそうな目で、半四郎たちの顔色をうかがっている。

「幸い、吉次郎の屋敷には、棒手振《ぼてふ》りすら寄りついておりませんでした。世間とは没交渉じゃ。これを活《い》かさない手はない。それで拙者、一計を案じた次第でござる」

「あっ！」

半四郎が最初に察して、絶句した。

「ま、まさか舞浜さん……まさか」

「そ、そんな、そんなことって」

真鈴と磯八もほぼ同時に感づき、息を呑《の》んだ。

「ぬっはは、ご一同のお見立てのとおりでござる」

悪びれもせずに、六左衛門は開き直ったように笑った。

「吉次郎がまだ生きていることにして、四十俵の俸禄を受け取り続けようと、企みました」

「おい、待ってくれ。それって、いわば公儀相手の詐欺《さぎ》だろう。俸禄米の不正受給だよな」

聞きながら、半四郎たちはいよいよ面食らったが、六左衛門は頓着《とんちゃく》もなく、言葉を重ねてきた。

「俸禄米の受け取りには、札差の手代との接触が不可欠でござる。吉次郎の妻ならば、代行としてそれが可能でござった」

御家人は公儀の米蔵から、給与である蔵米を支給される。その受け取りと売却を代わりにおこなうのが札差である。

「拙者は吉次郎の妻役として、拙者の妾《めかけ》である波江を送り込んだのでござる」

波江は遊里の出ではないか……半四郎の直感は的を得ていた。波江は岡場所で遊女をしていたところを、六左衛門が身請《みう》けして妾にした女だった。

「死んだ人間の妻になることを持ちかけましたら、当初、波江に拒《こば》まれましてな。

気味が悪かったこともあるし、あれはあれなりに、善悪の判断ぐらいはついたのでしょう」

波江をみくびっているような、六左衛門の言い草であった。

「おい、舞浜さん。俺はそういう言い方は好きになれないぜ」

うら若い身で江戸に来て遊里に売られ、ついで六左衛門の妾になった。

なるほど、波江は世間知らずかもしれないが、吉次郎の妻を演じることが、悪事の片棒を担ぐことだとは、わかっていたのだろう。

半四郎は、奇妙な役を押しつけられた波江に同情した。

「そうですよ。嫁入りは、女にとっての晴れ舞台なのに、まるで道具のようにもてあそんで」

真鈴は、きっとした目で、六左衛門を睨《にら》んだ。日頃、温順な真鈴が、ここまで怒気を発するのを、半四郎ははじめて見た。

「これはご無礼いたした。ご一同、お許しあれ」

六左衛門は肩をすくめた。如才《じょさい》なく詫《わ》びを口にしたが、心からでないことは見え見えであった。それに、当の波江に向けられてこその、詫びの言葉だろう。

「とは申しましても、波江は拙者が身請けした女。拙者には、岡場所の抱《かか》え主《ぬし》から買い取った借金の証文があり申す」

もし、波江が逆らい続けるのならば、いつでも遊里に戻せる。だからこそ波江も、最後には矢田屋敷に嫁すことを了承したのだろう。

「吉次郎が急死してすぐに、波江を吉次郎の妻としました。なにせ、婚姻《こんいん》の願いが提出されるのは、組頭である拙者のところですからな。拙者は、すぐに届けを受理しました」

六左衛門はすっとぼけた顔で、言葉をつないだ。

「吉次郎は人付き合いの悪い、というか、まるでない男であった。なので、親戚や知人を呼んでの祝言などは必要ない。当初の思惑どおり、拙者はまんまと矢田家の俸禄米を受け取ることができ申した」

生前の吉次郎の暮らしぶりが、六左衛門の企みを成功に導いたのだろう。

「それにしても、ずいぶんとまた大胆な企みだな」

六左衛門の、言う事もやる事も気に入らない。

半四郎は非難がましい口調で言った。

「なぁ、真鈴よ。御庭番てぇのは、本来ならこういう悪事をこそ、取り締まらなきゃいけないんだろうな」

真鈴も六左衛門を不快に思ったらしく、大きくうなずき返してきた。

六左衛門は一瞬、きょとんとしたが、場の雰囲気が気まずいことは、すぐに感じ取ったようだ。ずりずりと膳部《ぜんぶ》を横にどけて、またもや平伏した。

「ご一同がご不快に感じられるのも、ごもっともでござる。実のところ拙者も、旗本としてあるまじきおこないであったと、今は反省しておるのです」

反省している……似つかわしくない言葉が、六左衛門の口から発せられた。

半四郎は戸惑った。

「いつまでもかような悪事を続けてはおられません。それで、急ぎ手じまいにしたい。そのためにこそ、服部殿に一味同心していただきたいのじゃ」

六左衛門の、先の展開の読みにくい話は続いた。

「まずは、死んだ吉次郎と波江を、離縁させなければなりません。それであらためて吉次郎の葬儀を出してやり、屋敷を公儀に返上するのです」

意外だった。六左衛門は矢田家を潰《つぶ》すつもりのようだ。

「跡取りがいないわけですから、矢田家はお取り潰しとなるわけですが、そうなれば否応なしに、蔵米の支給は止まります。拙者も不正から手離れできます」

そこまで聞くと、半四郎にも、おおむね六左衛門の意図が飲み込めてきた。

「つまりは、すべてをなかったことにしたい、というわけだな。吉次郎の死は、実際よりも一年間、遅れて届けが出される。その間の俸禄米を騙《だま》し取っていたことは、しらばっくれるつもりなのだろう」

図星をさされた六左衛門は、ひたすらぺこぺこと額を畳にこすりつけていた。

わざわざ船宿で一席もうけた意図が、明白になった。

（吉次郎があの屋敷にいないことを、俺たちに見抜かれて、こうなったら味方に取り込んでしまうしかないと、捨て身の戦術に出てきたわけだな）

呆れ返るばかりだが、六左衛門という男には、憎みきれないところが、ごくわずかだが感じられた。

「半四郎さま、どうなされますか」

真鈴も流れを読み取ったらしい。六左衛門に憫笑《びんしょう》を向けながら、半四郎の瞳の色を読もうとしてきた。

「ところがでござる。吉次郎と離縁して矢田屋敷を出ることに、波江がどうしても納得しないのじゃ」

話はまだ途中だとばかりに、六左衛門はまくしたてた。

「吉次郎とは別れない、ずっとこの矢田屋敷にいたい、などと言いはじめる始末。拙者は今日も、離縁の説得に屋敷を訪ねていたところだったのじゃ。いやはや、ほとほと困っており申す」

波江に屋敷に居座られていては、矢田家を潰すことができない。

蔵米の不正受給の痕跡《こんせき》を消しつつ、こっそりと矢田家の一件から手を引き、あとは口をつぐんでいればいい。そんな六左衛門の思惑からすれば、たしかに困った状況であろう。

「六左衛門さんよ、おまえさんの思惑と困惑はわかるが、わからないのは波江さんの気持ちだな」

半四郎は小首をひねった。

無理やりに据《す》えられた死んだ御家人の妻の座に、どうしてそこまで執着《しゅうちゃく》するのだろうか。

「遊女あがりで拙者の妾だった女でござる。なりすましにせよ、御家人さまの女房の座が、よほど居心地よいのでござろう」

六左衛門は、そんなふうに推量してみせた。

「服部殿は、下世話に通じていることでは、北町奉行所随一《ずいいち》でござろう。そうした強みを活《い》かし、いろいろと手を尽くして算段していただきたい。なんとかして、波江に離縁を承知させてほしいのじゃ」

六左衛門は必死の眼差しで、掻《か》き口説いてきた。

「どうも波江は、かえってわしの言には意固地になるようで、まるで耳を貸さないのでござる。ここは他人さまから説得してもらったほうが、いいような気がします。よし、こうなったら拙者も、思い切って肚《はら》をくろう」

六左衛門は云《うん》とばかり、大きく顎《あご》を上下に振った。

「波江には離縁の暇金《いとまきん》を、十両までなら払ってもよい。吉次郎に代わってじゃ。それから、この際でござる。波江《あれ》を身請けしたときに、拙者が岡場所から買い取った借金証文も反故《ほご》にしましょう」

なんとも豪儀《ごうぎ》な、六左衛門の申し出であった。

遊女の身請けであれば、証文も半端な額ではないはずだ。

波江にとってもこのうえない条件だろうと、半四郎も感じた。

「もちろん、あなた方への謝礼も、目いっぱい奮発《ふんぱつ》いたす所存でござる。よしっ、これでいかがじゃ！」

六左衛門が、両手をぱっと大きく広げた。間髪《かんはつ》をいれず、丸を作った。

「ひゃ、百両！」

ひとりだけ飲み食いに専念していた磯八が、口に含んだ酒を吹きそうになった。

「舞浜さんよ、ずいぶんと、大きく出たな」

半四郎も息を呑んだ。

諸々《もろもろ》の口止め料込みとはいえ、百両の謝礼とは法外であろう。

「矢田の屋敷にも、たびたび出向いていただくでしょう。これは謝礼とは別口で、拙者にお力添えをいただく、お支度金ということで……」

六左衛門が畳の上に広げた袱紗《ふくさ》には、小判《こばん》が十枚包まれていた。


明日もう一度、この顔ぶれで矢田屋敷を訪れる約束が交わされた。

それから、一同は船宿を出た。春の嵐は江戸をかすめただけらしく、雨は弱まっていた。船宿の女将《おかみ》が気遣い、番傘《ばんがさ》を貸してくれた。

「あいすみません。皆さんにお貸ししていたら、二本しか残らなくて」

成り行きで半四郎は真鈴と、相合《あいあ》い傘を洒落《しやれ》込むことになった。

「どうする真鈴。一度、徳さんに相談してみたほうがいいかな」

八丁堀への帰り道に、半四郎はぽつりと口にした。

御庭番を兼任して以来、半四郎もほんのちょっぴりだけ、行動が慎重になってきている。

「まぁ、半四郎さまも、ずいぶんと大人になられましたね」

真鈴はさも愉快そうに、白い歯をのぞかせた。

「でも半四郎さまは、ご自分の意思で動く御庭番なのでしょう。もう少し、ご自分の目で見極めたら、いかがでしょうか。成り行きで少しぐらい悪事に加担されたとしても、御前はなにもおっしゃらないと思いますよ」

「そうだよな。そもそも自分の意思で動けと、最初にけしかけてきたのは、徳さんなんだよな」

奇妙な一件に巻き込まれた日だったが、真鈴と肩を並べて歩く半四郎には、満ち足りた思いがあった。

三　幕

――なによりもまず、波江の胸のうちを確かめてみなければ。

翌朝、半四郎たちは、矢田屋敷にふたたび足を向けた。

「それにしても、百両とは法外な謝礼じゃないか」

と、半四郎は真鈴に投げかけてみた。

四十俵の俸禄を一年間、かすめとっていたとしても、金にすれば十三、四両だろう。六左衛門として、算盤《そろばん》勘定が合うのだろうか。

「ですが、不正受給がばれてしまったら、それこそお家お取り潰しか、悪くすれば切腹でしょう」

真鈴はすぐに応じてきた。

「それを考えれば、なんとしても半四郎さまに不正受給を見逃《みのが》してもらって、悪事からきれいに身を引きたい……。そのためには百両だって惜《お》しくない。そう考えたのかもしれません」

「それもそうだが」

うなずき返すだけの自分が、いささか情けなくはあったが、真鈴と一緒に取り組む仕事は楽しいし、張り切り甲斐《がい》があった。

虎ノ門《とらのもん》の前で、六左衛門が待っていた。六左衛門の屋敷は小石川《こいしかわ》にあるらしく、ここで待ち合わせていたのだ。

「波江はもはや、それがしの妾ではござらん。札差の手代とも堂々と交渉をする、御家人さまの女房なのじゃ」

波江の手綱《たづな》を握れなくなったと、六左衛門はしきりとぼやいた。

赤坂の界隈《かいわい》に入る手前の溜池《ためいけ》に、大きな間口の空き家があった。

「ああ、あれって、世間を騒がせた、例の大盗賊の店でござんすね」

磯八が声をあげて指さした。

去年、押し込み強盗の野晒《のざら》し一味が捕縛された。

その一味が隠れ蓑《みの》にしていた道具屋ということで、一時、江戸の物見高い連中の間で話題になったのである。

「そういえば、野晒し一味は、とうとう盗んだ千両箱のありかを吐かないまま、獄門《ごくもん》になったのだったたな」

半四郎はそう応じたが、六左衛門は興味がなさそうに、なにも口をはさんでこなかった。

朝の日差しの下で眺《なが》めてみると、矢田屋敷の内外はきれいに片付けられ、廊下の板敷きも鏡のように磨かれていた。

波江が、いかにこの屋敷に愛着をもっているかが、うかがわれた。

庭の手入れも行き届いていて、四季折々の花が植えてあるようだ。

それにしても、死んだ男に嫁してきた女が、ここまで屋敷の世話をするものだろうか。

挨拶もそこそこに、波江が奇妙なことを口走りはじめた。

「出たのです。昨夜も、吉次郎殿の幽霊が出たのです」

幽霊が出る……半四郎たちはぎょっと肩をすくめた。

「そんなこと、聞いていませんぜ」

磯八がさっそく不平を鳴らした。

ところが、当の波江は、さして怯《おび》えているふうもない。

「なんだか奇妙な女ですね」

磯八が、半四郎の耳元で、そうつぶやいた。

「幽霊だけではありません。このお屋敷の庭に、人魂《ひとだま》が浮く夜もあるのです」

波江は平然と、付け加えた。

半四郎は、波江を見つめた。話の内容に反して、波江の横顔は穏やかだった。

瞳の色も澄んでいる。

六左衛門は、唾《つば》をつけた指で眉を撫《な》でながら言った。

「かわいそうに……波江は心気が疲れて衰弱《すいじゃく》しているのでござる。実はわしも一夜、ここで夜を明かしてみましたが、幽霊などついぞ出ませんでした」

六左衛門は長い息を吐いた。

「幽霊が本当に出るかどうかはともかく、そんな屋敷に住み続けて、いいことなどなにもない。波江よ、吉次郎のことはもうよいのだ。一刻も早く離縁の手続きを済まし、ここを出たほうがよい。そのほうが、おまえのためではないか。それから、こちらは……」

手のひらを半四郎に向けつつ、六左衛門は言う。

「北町奉行所の同心で、服部殿だ。今日からおまえの相談相手になってくださる。相方の真鈴さんや磯八さんもご一緒だ。この人たちに話を聞いていただいて、なんによらずよい方向に導いてもらいなさい」

「市子の真鈴です。いろいろな人のお話し相手になるのが、あたしの仕事なのですよ」

真鈴が丁寧《ていねい》に手をついて挨拶すると、波江も同様に返してきた。

「でも、幽霊のことは、まことなのです。頭に三角頭巾《さんかくずきん》をつけ、白い帷子《かたびら》を着た幽霊です」

なんでもその幽霊は庭を横ぎって、

『波江、吉次郎だ。おまえに会いたくて帰ってきたぞ』

と、ささやきかけてくるのだという。

磯八が、半四郎に肘鉄砲《ひじでっぽう》してきた。少し頭《おつむ》がおかしいのではないか。そう訴えてきているのだ。

「波江さん、あなたは普段、ひとりでここにいるのだろう。庭に幽霊が現れて、怖ろしくはないのかい？」

半四郎は静かに問うてみた。

「怖ろしい……はい、怖ろしくないわけはありませんが……」

波江はそこで口ごもった。

「夜はよく休めますか？」

「はい。お屋敷の中で一日中、動いておりますので、ぐっすりと眠れます。たとえ幽霊が出た夜でも……」

真鈴の問いに、波江はそんな返し方をした。

「まったく、おまえはどうかしている」

六左衛門が苛立《いらだ》った。

「とにかく、皆さんに相談に乗っていただき、言葉に耳を傾けるんだぞ。そして早く離縁するのだ、よいな」

「いいえ、わたしは離縁などいたしません」

波江はきっぱりと、半四郎たちの前で断言した。

「おまえという女は……」

色をなし片膝《かたひざ》を立てた六左衛門を、半四郎と真鈴が抑えた。

波江は疲れきったように、うなだれた。普段ずっとひとりなのに、大勢の人間に囲まれて、さすがに気疲れしたのだろう。

「お疲れでしょう。少し横になるといい」

真鈴が波江に寄り添い、座敷を出ていった。

波江の後ろ姿を見送った半四郎はつぶやいた。

「波江さんは、心になにか重いものを抱えているといった様子だな」

磯八はただ小首をかしげ、六左衛門は黙然と押し黙っている。

「床をとられて休まれています」

真鈴はさして間をあけずに、戻ってきた。

「半四郎さま、幽霊の正体を調べましょう。そうすれば……」

真鈴の言いたいことは、半四郎にもわかる。何事かに心気をとらわれているのはたしかだ。

波江が正気を失っているとは思えない。しかし、何事かに心気をとらわれているのはたしかだ。

その縛《いまし》めから解き放ってやりたい。

市子である真鈴は、幽霊の正体をつかむことで、それができるのではないかと考えているのだ。

「赤坂まで出張って、幽霊退治をするとは思ってもみなかったが、乗りかかった船だからな」

真鈴にもちかけられたからでもあるが、半四郎も、幽霊の正体を見極めてみたい気持ちはあった。

「へへ、少しだけおっそろしいですが、旦那と真鈴さんがご一緒ならね」

物見高い磯八に、異存はない。

「ご一同、お忘れめさるな」

難しい顔をして、六左衛門が口をはさんでくる。

「幽霊見物もさることながら、とにかく波江をして離縁に同意させ、この屋敷を去らせるのがいちばんの眼目でござるぞ。このわしも、波江も、それにご一同も、皆がそれでうまくいき申す」

百両ですぞと、六左衛門がまた両手を広げた。

六左衛門は、なにやらぶつぶつともらしながら、引き上げていった。

その夜、真鈴は波江と一緒に、半四郎と磯八は、隣の部屋で寝た。

「これは夫の夜具でございますが」

すすめられたのは、さんざんむさい奴だったと聞かされたうえに、死んで幽霊となり徘徊《はいかい》している男が使っていたものであった。

「八よ、やっぱり、気持ち悪いよな」

寝る前に顔をしかめた半四郎であったが、敷布団も掻巻《かいまき》も、意外なほど清々として気分がよい。

夜陰《やいん》を過ぎても、幽霊が現れる気配はない。

半四郎たちは、ぐっすりと寝入ってしまった。

朝が来た。

「なにも出ませんでしたね」

真鈴は夜具の中で、ずっと心気をすましていたらしい。

「おっと、朝から豪勢なもんですぜ」

朝の膳が用意された座敷に入るなり、磯八は目を輝かした。

ちりめん山椒《ざんしょ》がまぶされた菜飯《なめし》に、豆腐《とうふ》と茄子《なす》を串《くし》に刺した木《き》の芽《め》田楽《でんがく》が出されている。

「これは、山椒の木の芽を使った、木の芽味噌《みそ》だな」

山椒の葉も、彩《いろど》りとしてそえられていた。

「はい。この屋敷に来たときに、庭に山椒の木がありましたので」

自分は先に済ませたからと、波江は三人の給仕を務めてくれた。

緑があざやかで香りのよい山椒が使われた料理は、半四郎の好みであった。

朝餉《あさげ》に満足したあと、半四郎は真鈴、磯八と、茶を喫《きっ》しながら言葉を交わした。

三人の胸にわだかまる疑問は、やはりどうしても一点に行き着く。

どうして波江は、死んだ御家人の妻の座とこの屋敷に、そこまで執着しているのだろうか。

波江はとにかく、よく働く。朝食の後片付けを手早く済ますと、手ぬぐいを姉さんかぶりにして、屋敷中の掃除にかかっていた。

「女同士です。今夜にでも、それとなく訊《たず》ねてみますから」

そう言い残すと、真鈴は波江を手伝うために腰をあげた。

その夜、半四郎と磯八は、外から屋敷塀の周囲を見張ることにした。

が、幽霊もなにも現れない。ただ半四郎は、闇《やみ》のなかから逆にこちらを監視しているような目線を感じていた。

結局、幽霊は現れなかったものの、垣根の間からのぞくと、なんと庭に仄青《ほのあお》い炎が浮かんでいた。

「で、で、出ましたね。人魂のほうは、本当に出やがる」

磯八は、がちがちと歯を鳴らした。

「百両の仕事だ。そう簡単には一件落着とはいかねぇな」

半四郎は唇を嚙《か》んだ。

しばらくの間、矢田屋敷に泊まり、波江に離縁の説得をこころみつつ、幽霊が現れるのを待つことにした。

四幕

その翌朝、半四郎は人並みな時刻に目を覚ました。

雨戸を開けると、きちんと身づくろいを済ませた波江と真鈴が、手入れの行き届いた庭で花をつんでいた。

居間の隅《すみ》に、小さな仏壇が据えられ、吉次郎の位牌《いはい》も置かれている。

波江は朝夕に、吉次郎の香華灯明《こうげとうみょう》をたやさずにいるのだった。

花を手向《たむ》けて手を合わせようとする波江に、

「これもなにかの縁なので」

と、半四郎たちも手を合わせた。

毎日のことなのだろう。波江は、すぐに家事にとりかかった。真鈴が手伝おうとするのだが、

「お客さまは、どうか座っていてください」

と、逆に懇願《こんがん》されてしまっている。

家事に勤《いそ》しむ波江に、離縁の説得は切り出しにくい。

結局、幽霊の正体をあばくほうが、話が早そうだ。

半四郎たちは、ひとまず矢田屋敷を出て、赤坂一ツ木町通りの汁粉屋《しるこや》で打ち合わせをした。

「波江さんですが、とにかく家事が好きなようです。忙《せわ》しく立ち働いていると、気分が落ち着くのだとか。ああ、それから……」

真鈴が、寝間で波江と交わしたやりとりを、半四郎と磯八に伝えた。

「念のためですけど、波江さんはごく普通ですよ。磯八さんが勘繰《かんぐ》るような、変な人なんかじゃありません」

磯八が肩をすくめつつ、汁粉をずるずるっとすすった。

「それにしても、ひとりで頑張って屋敷を守っていますね。まるで、本当に慈《いつく》しみあったご亭主を失った未亡人のようです」

真鈴がため息混じりに言う。

「そうだな。誰かが帰ってくるのを、待ちわびてでもいるように、あの古屋敷の手入れに丹精《たんせい》をこめているな」

ただ、誰を待っているのかは、半四郎にも見当がつかない。

――波江には、狐《きつね》が憑《つ》いているのかもしれねぇ。

半四郎は、そう思った。

もちろん、真鈴の言うように、波江は正気だ。本当に狐が憑いているとは、半四郎とて思わない。

だが、どうしてもこの屋敷にとどまるよう、波江に強くささやき続けているものがいるのは、たしかだ。

その狐を祓《はら》わない限り、離縁には応じないだろう。


それから数日。真鈴は波江と寝食をともにし、半四郎と磯八は外で張り込みを続けたが、幽霊は近づいてこなかった。

その間に一度、半四郎は波江に、離縁のことを切り出してみた。

「おまえさんはまだ若い。六左衛門からも自由になれるのだぜ」

波江は悲しげに顔をゆがませた。

「お許しくださいまし……わたしはどうしても、ここにいたいのです」

逆に、すがるような眼差しを向けられてしまった。

こうなっては、半四郎も押し黙るしかなかった。

六左衛門も一度だけやってきて、半四郎に催促がましいことを言った。

「北町奉行所一の凄腕と聞いたので、ご依頼したのじゃ。もう少し、精魂《せいこん》こめて頼みますぞ」

それだけ告げると、そそくさと引き上げていった。

半四郎は六左衛門の後ろ姿に、これまで以上に胡散臭《うさんくさ》いものを感じた。

六左衛門の言葉尻には棘《とげ》があり、焦《あせ》りのようなものがあったからだ。

（なぜ奴は、ここにきて急に改心したのか……。しかも、悪事を隠すためとはいえ、そのために百両と妾を同時に失おうとしている）

やはり、引き際に唐突《とうとつ》さを感じてしまう。

なにかがある……半四郎は、そんな気がしてきた。

一方で夜の見張りでは、あいかわらず監視の目線を感じ続けていた。

昨晩は、月あかりの夜であった。

人の気配、それに影が、道に浮かんだ気がした。

半四郎がすばやく気配のほうに駆け寄ってみると、細く長い影を引いて、人が走りさっていった。こちらを見張っていたとは限らないが、あきらかに怪しい人影であった。

「旦那、幽霊は出ませんぜ。こうなったら、膝詰めで説くしかありませんよ」

磯八がせっついてきた。

半四郎は真鈴に同席を頼み、もう一度、波江に離縁の件を切り出してみた。

六左衛門が出すという暇金の話もしたし、借金が反故《ほご》になるという話も繰り返した。これは、なによりの好条件ではないか、と。

いいや、それよりなにより、ここで悪事の片棒を担いでいるより、早くこの屋敷から逃げたほうがいい。それで人生をやり直したほうが、どんなにか自分のためになるだろう。

「それでも、わたしは、ここにおりたいのです」

半四郎の力説も虚《むな》しく、波江の返答は頑《かたく》なであった。

女同士、波江は真鈴とも打ちとけあってきていたが、離縁に応じようとしない理由については、いっさい口にしなかった。

「なぁ、真鈴よ、波江さんに憑いているのは、やっぱり幽霊なのかな」

「そうかもしれません。でもあたしたちは、その幽霊を見たわけではありませんから」

やはり、鍵《かぎ》は幽霊の正体にあるようだ。

そこにしか、糸口は見いだせないのではないか。

「ところで半四郎さま、どうでしょう、屋敷の見張り方を変えてみませんか。あたしたちが屋敷に泊まるようになってから、幽霊は現れなくなったでしょう。ならば屋敷から消えれば、お出ましになるのではないですか」

真鈴がそう提案した。

「なるほどな。いったん屋敷から退散するふりをして、こっそりと見張りを続けるということか」

半四郎も、すぐに真鈴の意図を察した。

「だが、どうやって幽霊に、屋敷を空けたことを知らせるか」

「あら、半四郎さまもおっしゃっていたではありませんか。見張られているような目線を、いつも感じると」

真鈴はあいかわらず、できた人間だった。半四郎を気遣ってか、自分では口に出さず、こちらに覚らせようとしてくる。

「そうだった。手間をかけることはないかもな」

二、三日、夜の見まわりに出なければ、幽霊の側で都合よく解釈してくれるかもしれない。

「ああ、それから半四郎さま。ひとつ、気がついたことがあるのですが」

真鈴が切り出してきた。

「波江さんは、仏壇に陰膳を供えています」

律儀なことであった。死んだ吉次郎のために、欠かさず飯と惣菜《そうざい》を置いているのだ。

「ああ、そのようだな」

そのことは、さすがに半四郎も気づいていた。

「でも少し変なこともあって……波江さんは晩御飯の陰膳だけは、庭に置いているのです」

仏壇からさげた陰膳をきちんと銘々《めいめい》膳に並べて、波江が庭に出ていくところを見たのだという。

「どういうことだろう」

半四郎には見当もつかなかった。

「なんとなく気にかかって、今日はいつもより早起きして、庭に出てみたのです。そうしたら……」

庭の隅に置かれた膳には、手をつけた跡があったという。

そのとき、あわてた様子の波江が屋敷から飛び出してきて、なにも言わずに膳を片付けてしまった。

「猫か犬にでも餌付《えづ》けしているのかな」

「半四郎さまったら、そんな戯言《ざれごと》を。わざわざ犬や猫のために、膳に並べないでしょう。それに、波江さんの表情は、とても真剣なものでした」

「いろいろとあるな、波江さんには……」

半四郎は、長い息を吐いた。


半四郎たちがこっそりと屋敷から引き上げようとしていたその夕刻、またもや六左衛門がやってきた。どうせ、催促であろう。

「ああ、俺たちは今夜からしばらく見まわりを休んで、この屋敷をあけることになる」

そう告げると、

「なにを悠長《ゆうちょう》な。そのほうら、いつになったら波江を説得するのじゃ！」

六左衛門は口先をとがらせ、大声を出した。

これまでの、まるで旗本らしくない気さくな口調は、すっかり消えていた。

小癪《こしゃく》に思った半四郎は、幽霊を誘い出す企みであることは告げず、

「こっちだって、この屋敷にばかり、掛かりきりになってられないぜ。ほかにも仕事を抱えているのだからな。なんなら、手付けの十両は返してもいい。その代わりに……」

不正受給の件も表沙汰《おもてざた》にしてやろうか、と匂《にお》わすと、

「そ、そ、そ、それは困り申す。ただいまの拙者の無礼な物言い、幾重にもお詫びいたす」

六左衛門はぺこぺこと、いつもの調子で低頭してきた。

五　幕

半四郎たちが、屋敷を抜け出たその夜、幽霊はいきなり現れた。

半四郎と真鈴、磯八が遠巻きに見守るなか、背のひょろ高い男が、細長い影をひきずって近づいてきた。

男は垣根の隙間《すきま》から屋敷に入り、手早く縞木綿《しまもめん》の着物を脱いだ。下は白帷子《しろかたびら》。懐から取り出した三角頭巾を頭に巻いた。

「行かないでくれ。行かないでくれ、波江。わしは屋敷で、おまえと夫婦仲良く暮らしたいのだ」

などと、幽霊に成りすました男が、裏声を響かせている。そして、庭の隅をごそごそと這《は》いまわりはじめた。

「出たな、ここで会ったが百年目だ」

半四郎と磯八が、両側から飛びかかって、男を取り押さえようとした。

真鈴も、廊下から跳びおりてくる。

ところが、男は存外に機敏であった。半四郎と磯八の間をすり抜けると、すんでのところまで追いすがった真鈴の手を振り払った。

「ちっきしょう、取り逃がしたな」

半四郎は歯嚙みをした。

この前もそうだったが、やけに逃げ足の疾《はや》い男なのだ。

「でも、大丈夫。しっかりと横顔は目に留めました」

荒い息をつきながら、真鈴は言葉を足した。

「あの幽霊役の男、たしかに見覚えがあります」

息を鎮《しず》めながら、真鈴は記憶の糸を手繰《たぐ》っていた。

「……そうです。あの男は、両国の三文役者《さんもん》です。名はたしか雨太郎《あめたろう》……そう川越《かわごえ》の雨太郎です」

江戸市中で市子をしている真鈴は、両国の盛り場にも顧客があった。

「真鈴、助かった。これでこの一件、一気に落着まで突っ走れるかもしれねぇ」

半四郎は真鈴の肩を叩《たた》いた。

「やりましたね。でも、これで百両に直結するのかなぁ」

磯八が埒《らち》もないことを口にした。

「とにかく、このことを波江さんにも告げてみましょう」

三人が振り返ると、波江が廊下に立って、じっとこちらを見つめていた。


「波江さん、幽霊の正体がわかったぜ」

半四郎は波江に、見たままを告げた。

「生きている……人だったのですね……」

波江は淡々ともらした。ほっとした様子でもない。

なんだか、拍子抜けする思いがした。

「両国の芝居小屋に出ている三文役者だった。名は、川越の雨太郎。俺たちが脅《おど》かしておいたから、さすがに懲《こ》りただろう」

半四郎は、ともかく波江を安心させようとして、そう言った。

「そうですか。それはお世話さまでございました」

告げられた波江は、うなずいて礼を言ったが、

「かわごえの……あめたろう……さん」

自分で発してみて、どことなく風変わりなその名と響きに、しばし聞き入っていた。


「幽霊の正体もあきらかになったことですし……」

なんのために波江を脅かしていたのかまではわからないが、ともかく、妖《あや》かしや物《もの》の怪《け》でないことだけは、はっきりとした。

「そろそろ、ご本心を明かしてくれても、いいのではありませんか。波江さんはどうして、この屋敷での暮らしに、ここまで愛着を持っているのですか？」

意を決したように、真鈴が問いかけた。

「好きでこの屋敷に来たわけではありません。でも、結局、従うしかなかったんです……」

真鈴の情のこもった瞳の色にほだされたように、波江は、ぼつりぼつりと、胸中を語りはじめた。

「十五で奥州の在所から売られてきました。世間さまのことは、なにもわかりません。でも、六左衛門さまから命じられたのが、世間さまに対して顔向けできないということは、わかったんです……」

それでも、借金で身を縛られている以上、抗《あらが》うことはできなかった。

「わたしなどが、御家人さまの妻などと……亡くなった吉次郎さまにも悪い気がして……それで、せめてもの罪ほろぼしに」

ひそかに吉次郎の位牌を作り、仏壇に安置した。

香華と花をたやさず、三度三度の陰膳も置いた。そして屋敷の中も庭も、丹精をこめて磨《みが》きあげるように手入れした。

「お盆で、吉次郎さまがお帰りになる前は、とりわけ精を出して屋敷を掃《は》き清めました。そうしたら、不思議なものでございます。吉次郎さまの声が聞こえてきたような気がしました。よくやっているな、偉いぞ、と」

一緒に聞いていた磯八が、こっくりこっくりとうなずいた。

「それからはいっそう、精を出して家事に勤《いそ》しみました。そのうちに、吉次郎さまと一緒に暮らしているような気がしてきたのです。もちろん、姿も見えないし、声も聞こえない吉次郎さまですが」

幸薄い半生を歩んできた女が、数奇な運命にもてあそばれてこの屋敷に来た。それでも、人並みに良人《おっと》を得て所帯を持ちたいという思いは、心のどこかに捨てきれずにいた。そんな波江が感じた、幻《まぼろし》だったのだろう。

「そうしたら、今度は本当に吉次郎さまが現れたのです。庭先を横ぎって、わたしに会いに戻ってきたと言ってくれました。わたしはうれしくて、仏壇に幾度も幾度も手を合わせたのです」

波江がこの屋敷を離れたくない理由が、ようやくと判然とした。幽霊を怖れる素振《そぶ》りを、見せないことも。

「去年の秋、庭の柿《かき》の実がもがれていました。鳥の仕業かと思いましたが、皮と種がきれいに捨てられていたんです。もしや吉次郎さまは、お腹が空いているのかと思って……」

「そうですか、それで陰膳を庭に……」

真鈴が得心したように口を入れた。

「はい。吉次郎さんは、きれいに食べていってくれるようになったのです」

しみじみと語る波江の目を、半四郎は見た。なんらかの狐は憑いているのかもしれないが、とても正気を失った目には思えない。

「波江さんは、その吉次郎の幽霊と言葉を交わしたことがあるのかい？」

「いいえ、こちらから話しかけると、風のように去ってしまうのです」

寂しげに、波江はそう返してきた。

「波江さん、俺のいうことをよく聞いてくれ」

半四郎は、瞳をまっすぐ波江に向けた。

「庭先にやってきた幽霊は、川越の雨太郎という男だ。吉次郎の幽霊なんかじゃあない。わかるよな」

波江は幾度か瞬きをした。

「はい。よおっくわかっています。吉次郎さまは、もうとうに亡くなったお人。亡くなった人が、歩いたりしゃべったり、ご飯を食べたりはしないでしょう」

真鈴が肩を抱くと、波江は真鈴の懐で泣きくずれた。

半四郎は思った。余人《よじん》にはうかがいづらいことだが、波江は庭を横ぎる幽霊とこの屋敷で暮らすことが、決して嫌ではなかった。むしろ、安らいでいたのだ。

真鈴も似たようなことを考えていたらしい。波江の背中を撫でながら、目でうなずきかけてきた。

「皆さまには、さんざんご迷惑をおかけいたしました」

翌朝、波江はさっぱりとした顔で、両手をついてきた。

「今日から、このお屋敷を去る支度をいたします。それから……」

波江は目を落とした。

「わたしは、お咎《とが》めを受けるのでしょう。どうぞ、どこにでもお引き立てください」

波江に取り憑いていた狐は、すっかりと姿を消した。ふと正気になり、半四郎が町方の同心であることを思い出したようだった。

「波江さんを引っ立てるなんて、考えもしなかったぜ」

半四郎のほうがうろたえた。

「そんなことより俺の見立てでは、この幽霊騒ぎは誰かが仕組んだものだ。波江さんを脅して、この屋敷から追い出そうとしているんだと思う」

ぼんやりと胸に浮かんできていた事件の背景が、かなりはっきりと、半四郎の心のなかで固まりはじめていた。

「それは誰だと思う?」

波江からの返答を待たずに、半四郎は問いを重ねた。

「そして、波江さんを追ったあと、この屋敷でなにをしようとしているのかな。なにかとてつもなく大事なものが、屋敷に隠されているんじゃないか。あなたに心当たりはあるかい?」

波江は必死に、思案をめぐらせていた。

「あたしをこの屋敷から追おうとするなんて……誰がそんなことを……」

幽霊騒ぎを仕組んだのは、六左衛門ではないか。

そんな推量が半四郎の脳裏をよぎっていたが、波江はまだそこに見当が向いていないようだった。

「でも、この屋敷になにかがあるとしたら、思い当たることがあります。屋敷の裏手にある古蔵なのですが……」

ひと月ほど前、六左衛門が血相を変えてやってきた。

そして、『古蔵の鍵はどうした』と問いつめられたのだ。

「わたしがこの屋敷に来たときから、古蔵の鍵などありませんでした」

波江はそう返した。

そうしたら、翌日、六左衛門は錠前職人《じょうまえ》を連れてきた。そして古蔵の前で、ごそごそがちゃがちゃ、やっていたという。

「合鍵《あいかぎ》を作らせたのだな。それで、六左衛門はその鍵をおまえに見せるか、渡すかしたのか?」

波江は首を振った。

「そうか……幽霊騒ぎを仕組んだのは、やはり六左衛門だな」

半四郎の確信ありげなひと言に、真鈴と磯八は黙ってうなずき、波江は大きく目を見開いた。

翌日早くに、半四郎は、真鈴と磯八を手招きした。

「真鈴と八に、ひとっ走り向かってもらいたいところがあるんだ」

そう言ってふたりを送り出した半四郎の頭の中で、ふたつのことがないまぜとなり、ぐるぐるとまわっていた。

ひとつは、六左衛門が波江を屋敷から追い出そうとした理由。

もうひとつは、悪事の片棒を担がされてしまった波江を、どうすれば無罪放免《ほうめん》にしてやれるかの算段であった。

昼前に、両国まで出向いていた真鈴が戻ってきた。

「両国の芝居小屋や見世物《みせもの》小屋の座元に尋ねてみたのですが、雨太郎は役者として目が出ないまま身をもちくずし、両国界隈で姿を消したそうです」

役者といっても、見世物小屋のお化け屋敷で、幽霊の役ぐらいしかつかなかったらしい。

雨太郎の住まいを聞くと、

「今もそこに住んでいるのなら、日本橋田所町《たどころちょう》にある裏長屋だ。たしか蜆《しじみ》長屋といったはずだ」

という答えが返ってきた。

「よし、行くか」

すぐにも雨太郎の身柄を押さえてしまいたい。

なんの目的で幽霊に化けて、波江の前に姿を見せていたのか、すっかりと吐かせるつもりだった。そして雨太郎の口から、悪事の首謀者《しゅぼうしゃ》は六左衛門だと、口書きを取ることを目論《もくろ》んでいた。

半四郎と真鈴は、田所町にある蜆長屋に急いだ。

腰高障子を開けると、掻巻をかぶって震えている男がいた。

土間には真新しい草鞋《わらじ》が揃《そろ》えられ、古畳の上に振り分け荷物が置かれていた。

「おい、雨太郎、すっかりと旅支度を整えていたようだな」

上がり込んだ半四郎は掻巻を引きはがし、雨太郎の襟元《えりもと》をつかんだ。

「お、お助けください、金なら差し上げますから」

雨太郎の懐には、一分金がたんまりと五両近く入っていた。

「六左衛門が用立ててくれた路銀《ろぎん》だな。江戸を出てどこかに逃げ込む算段をしていやがったんだろう」

無闇に腹が立った半四郎は、手加減はしつつ、一発、頬を張ってやった。

「あれぇ！」

雨太郎は華奢《きゃしゃ》なうえに、意気地のない男だった。空を掻きながら土間に落ち、腰をしたたかに打った。

ここからなら、茅場町の大番屋が近い。番屋で尋問《じんもん》しようかと思い、雨太郎の襟首をふたたびつかんだ。

「ふぅん、さすが役者と言うべきか。悪党の手先で幽霊役なんぞするわりには、わりかし、まともそうな顔をしているな」

雨太郎は三十絡みだった。細身で頬がこけて、彫りの深い顔をしている。

いかにも幽霊役が似合いそうだが、反対に自分が幽霊に出くわしたら、間違いなく腰を抜かすだろう。そんな小心で、善良そうな男だった。

「どうです、半四郎さま。このまま波江さんのところに連れて帰って、そこで詮議《せんぎ》したらいかがでしょう。脅かしていた波江さんの前のほうが、この人も神妙に白状するんじゃありませんか。あたしが連れて帰りますから」

「それもそうだな。では念のために、縛るだけ縛っておくか」

両手を前にそろえさせ、ゆるく縛ったつもりだったが、雨太郎は悲痛な叫び声をあげた。

「い、痛い。なんでも、申し上げます。手前に、あのお屋敷のご新造さまを脅かせと命じたのは、舞浜の殿さままでです」

雨太郎は、もう白状しはじめた。

「まったく手間のかからない男だな。明日ゆっくりと聞かせてもらうから、今日はいい。真鈴よ、矢田屋敷に行って、こいつを柱にでも縛っておいてくれ」

雨太郎を真鈴に託した。

半四郎はその足で、小石川にある舞浜六左衛門の屋敷に向かった。

「へへ、旦那、こっちですよ」

屋敷塀の角に置かれた天水桶《てんすいおけ》の陰《かげ》から、磯八が右手をあげた。

旗本の六左衛門がまさか夜逃げすることもあるまいが、念のため磯八に見張らせていたのだった。

途中で買った焼き芋《いも》を渡してやると、磯八は狸面《たぬきづら》をほころばせた。

夜になると冷えてきた。

幸い、近くに夜鳴《よな》き蕎麦屋《そばや》の屋台が出ていた。半四郎は親仁《おやじ》にたんまりと酒手《さかて》をつかませて、その屋台をひと晩、借り切ることにした。

交代で屋台の蕎麦をすすり、仮眠を取りながら、半四郎と磯八は朝まで頑張って見張った。しかし、舞浜屋敷はひと晩中、静まりかえったままだった。

六　幕

翌朝、半四郎と磯八は眠い目をこすり、小石川から赤坂までとぼとぼと歩いて、矢田屋敷に戻ってきた。

「おう、半ちゃんか」

座敷に入ると、いきなりそう呼びかけられた。

半四郎は目を見張った。

斉之助がいる。真鈴と波江に、左右から肩を揉《も》んでもらって目を細めていた。

「昨夜遅くに、ようやくと家の雑事から解放されてな。さっそく、半四郎長屋に戻ったら、半ちゃんもおらんし、八の奴も姿を見せん。真鈴の置手紙だけがあったのじゃ」

肩揉みを切り上げて、真鈴が言った
「雨太郎さんをここに連れてきたあと、昨夜のうちに、一度、半四郎長屋に戻りました。それで今回の一件の経緯《いきさつ》も含めて、御前に書き残しておいたのです」

波江の目が潤《うる》んでいた。

「御前さまに、いろいろとお話を聞いていただき、なおいっそう気が楽になりました」

波江は愛おしそうに、斉之助の肩を揉み続けている。

「ところで半ちゃん。これから、雨太郎なる幽霊役者の詮議をするのであろう。わしも立ち合わせてくれ」

斉之助は鯰髭《なまずひげ》をしごきながら、興味津々といった顔をした。

「まぁ、徳さんも、せっかく出てきたんだからな。よし、ではさっそく詮議をはじめるか」

どこかの柱にくくられているはずの雨太郎を探したが、見当たらない。

「ああ、こちらでございます」

波江がようやくと斉之助の肩から手を離し、半四郎を手招いた。

「あれ、ここって、旦那とあっしが寝ていた部屋ですよね」

「しかも、俺が使っていた夜具に、横になっていやがる」

半四郎が鼻を鳴らすと、雨太郎はあわてて腰をあげようとした。

「ああ、痛い」

雨太郎が腰に手をあてて苦悶《くもん》すると、波江が間髪をいれずにそばに寄った。

「雨太郎さん、ひどい目に遭われたのですから、無理をなさってはいけません。どれ、膏薬《こうやく》を張り替えてさしあげましょう」

波江は雨太郎の後ろにまわり、着物を脱がせようとする。

「そんな、ご新造さま、もったいない。それに、皆さま方の前では……」

雨太郎のほうが、しきりに照れた。

「ひどく腰を打っているのです。皆さまもお許しくださいましょう」

波江は甲斐甲斐しい仕種で、雨太郎の腰に巻かれていた晒木綿《さらしもめん》を外し、膏薬を塗《ぬ》った新しいものと取り替えた。

「なぁ、八よ、なんか妙な具合だな。まるで、青瓢簞《あおびょうたん》を土間に叩き落とした俺のほうが、悪役っぽいじゃねぇか」

戸惑う半四郎の耳元で、真鈴がささやいた。

「波江さんと雨太郎さんは、昨夜、初めて言葉を交わしたんですが……おふたりとも、初めてじゃないような気がしたんですって」

「うむ、わしも波江さんから、さっきそう聞いた。ずっと以前から心が通いあっていた知己《ちき》と再会した……そんな心持ちであったらしいぞ」

斉之助は慈愛《じあい》のこもった目で、波江と雨太郎に目をやっていた。

「とにかく旦那よりも、そっちの蒼白《あおじろ》い青瓢簞のほうが、もてるようですねぇ」

磯八にからかわれ、半四郎は酢を飲んだような顔をした。

「おい、雨太郎、詮議をはじめるぜ。おまえのほうからなにか申し開きがあるのなら、最初に聞いておいてやる」

初手でそう投げかけると、雨太郎はわなわなと震えた。

「手前は、舞浜さまに指図されたこの一件のほかに、実はもっと大それた悪事と、かかわってまいりました」

雨太郎がいきなりそう切り出すと、一同はさすがに押し黙った。

「ですが、信じてくださいまし。手前は押し込みには加わっておりません。夜目と遠目がきくので、見張り役をさせられていただけなんでございます」

「押し込みだと！」

一同は絶句した。

「はい、赤坂の溜池を根城にする一味に加わっておりまして」

幾本かの糸が半四郎の脳裏で絡まり、すぐに長い一本となった。

「おい雨の字。おまえまさか、野晒し一味に加わっていたのか」

「は、は、はい。野晒し一味でございます。ただ手前は、本当に見張りをしていただけなのです。だから、命だけはお助けくださいまし」

雨太郎は悲痛な声をあげた。それにしても、とんでもない大物の盗賊の名が、絡んできたものであった。

「六左衛門がなにを手に入れようとしているのかも、見当がついてきたぜ」

見当というよりも、もはや確信と言っていい。

「けれど、おまえの口からも聞きたいんだ。おまえがなにもかも白状して、押し込みのときも本当に見張り役だけだったのなら、島送りで済むよう、俺がお奉行にかけあってやる」

雨太郎は泣きそうな顔をして、嫌々をするように首を横に振った。

波江は唇を噛みしめ、こみあげてくるものをこらえている。

「半ちゃん、島送りなんて、つれないことを申さずに、もっと情味を加えてやれ。半ちゃんは、そんじょそこらにいる御庭番ではないのだからな」

斉之助が、いとも気安くそう口をはさんだ。

「そうですよ、おふたりの将来《さき》がかかっているのですから」

真鈴までが、雨太郎の肩を持った。

「ちぇ、本来なら『江戸市中引きまわしのうえ、打ち首獄門』だろうぜ。こっちはそれを、島送りで勘弁してやると言っているのによ」

半四郎はすねつつ、雨太郎の額を人指し指で小突《こづ》いた。

「ならば、こうする。とにかくわかりやすく、一件の顚末《てんまつ》をしゃべってみろ。一度で、ここにいる皆が納得できたら、さらなる減刑を考えてやる」

「しょ、承知いたしました。幽霊騒ぎを仕組んだのは、舞浜の殿さまです」

昨夜も聞いたことだったが、いまさらながら六左衛門に対する憤《いきどお》りがこみあげてきた。

「それから、舞浜の殿さまが狙《ねら》っていたのは、野晒し一味が押し込みで盗んできた千両箱三つ……」

「げげ、千両箱が三つだって！」

磯八があんぐりと口を開けた。六左衛門が狙う獲物は、思っていたよりずっと大きかった。

「半ちゃん、三千両を取り返したら、御庭番として大手柄じゃぞ」

日頃は物に動じない斉之助までが、興奮している。

「次に、舞浜さまが野晒し一味の千両箱に目をつけた経緯を、お話しします」

半四郎に脅されたせいか、雨太郎は順序立てを意識して語りついだ。

去年、江戸中を騒がせた野晒し一味五人が捕縛された。

首魁《しゅかい》である野晒し権八《ごんぱち》と四人の弟分は、肚《はら》の座った盗人《ぬすっと》であった。拷問《ごうもん》にも屈《くっ》せず、これまでに大店《おおだな》に押し込んで奪った千両箱のありかを、とうとう白状しないまま獄門となった。

「手前は野晒し一味の、ただひとりの生き残りなのでございます」

役者としてうまくいかず賭場《とば》に出入りしていたところで、雨太郎は権八の弟分のひとりから、見張り役として一味に加わるように誘われた。

雨太郎は、盆莫蓙《ぼんござ》のはるか遠くからでも賽《さい》の目が読める。その抜群の遠目に、目をつけられてのことだった。

目だけではなく、耳もいい。一味が捕縛された日も、いち早く迫ってくる捕り方に気づき、ひとりだけ逃げおおせたのだった。

「ご存じのとおりで、野晒し一味は、表向き赤坂で道具屋を営《いとな》んでおりました。盗んだ千両箱の隠し場所には、ひと工夫凝《こ》らしたのです。近くにある人の出入りのない矢田屋敷の、裏庭の古蔵を借りました」

借り賃を払うので、店に置ききれなくなった古道具を置かしてくれと、生前の吉次郎に頼んだのだった。

一味は古蔵の床下に千両箱を埋め、そのうえに古道具を置いて鍵をかけた。

そして、古蔵を貸していたことを誰にも告げることがないままに、吉次郎も死去した。

「生き残った手前は、古蔵の様子が気にかかっておりました。それで、幾度も様子を見にやってきたのです。それであるとき……」

たまたま屋敷に居合わせていた六左衛門に、古蔵の前で取り押さえられてしまった。

六左衛門は独特の嗅覚《きゆうかく》で、古蔵になにかあると察しをつけた。

「御定法《ごじようほう》では、十両盗んだら死罪。わしには昵懇《じつこん》にしている与力がおってな。おまえが古蔵から十両相当の骨董《こつとう》を持ち出したと言って、突き出してやろうか」

脅されたあげく、雨太郎はいっさい合切《がつさい》を吐かされた。

そこで六左衛門は、瞬時に悪謀《あくぼう》をめぐらせたらしい。

雨太郎は無理やり六左衛門に手なずけられ、一味が遺《のこ》したお宝を、まるっといただいてやろうという企みに、取り込まれてしまったのだった。


「ようやくと、糸が全部つながってきたな」

半四郎は薄く息を吐いた。

「三千両さえ手中にすれば、六左衛門としても、俸禄の不正受給などどうなってもいい」

「なるほどね。公儀をたばかっていることが露見《ろけん》しないうちに、早く手じまいにしてしまおうって、算段だったんですね」

半四郎と磯八は、頬をゆがめてうなずきあった。

古蔵の下を掘り返して、千両箱を掘り出すとなると、屋敷の中がどうしてもざわつく。波江にも世間にもばれずにこっそりとことを運ぶには、まず波江を離縁させて追い出し、矢田屋敷を空《から》にする必要があった。

世間は、空き屋敷などには無関心だ。こっそりと千両箱を掘り出し、運び出すには打ってつけだろう。

ところが波江は、いっこうに離縁に応じない。

なりすましとはいえ、御家人の妻となった波江を、六左衛門は御《ぎょ》せなくなってしまっていた。

そこで六左衛門は雨太郎に、吉次郎の幽霊を演じさせ、波江を脅すことにしたのだ。

幽霊騒ぎはうまくいったかのように思えたが、予想外にも波江は幽霊に対して、情を感じはじめてしまった。

そんなとき、半四郎たちとかちあって、不正受給の件がばれた。

六左衛門はとっさに思案をめぐらせた。

自分の口から説得しようとしても、波江はかえって反発する。

世知にたけていそうな半四郎ならば、うまく説得してくれるだろうし、口止めにもなって、一石二鳥だと……。


「さてと、これからのことだが」

半四郎は腕組みをして思案した。

皆の同情が、どういうわけか雨太郎に集まっている。

半四郎としてはいささか釈然《しゃくぜん》としないが、斉之助や真鈴の意向を、まるっきり無視するわけにもいかない。それに、波江の思いも、考えてやらなければ。

「野晒しの一味だったことは、やはり、質《たち》が悪すぎる。俺が言った島送りってのも、決して重い罰じゃないぞ。打ち首獄門になってもおかしくねぇんだ」

半四郎が突き放すと、雨太郎は奥歯をがちがちと鳴らした。

「それでだ、俺はこれから舞浜の野郎をとっつかまえるんだが、おまえはその手先を務めてくれ」

えっ、と雨太郎は、上目遣《うわめづか》いに半四郎の顔をのぞき込んだ。

「必死で手先を務めるんだ。そうすれば光明が見えてくるかもしれねぇ」

「うむ、半ちゃんがなにを考えているか、わかるぞ」

斉之助が鯰髭をしごいた。

たとえ盗みを働いても、他の盗人の捕縛に協力すれば、罪を赦《ゆる》されることがある。もとからして御用聞きや下っ引きなどは、たいていはそうして十手《じって》を持つことになった口だ。

(まぁ、俺だって、こいつと似たような立場なんだがな)

半四郎は、六左衛門から十両の口止め金を受け取ってしまったことを思い出した。この先、六左衛門が捕らえられて、正式な取調べを受けることになれば、苦しまぎれにそのことも言い立てるかもしれない。

(そのときは、そのときだ)

生来、のんきな半四郎は、今は六左衛門を捕縛することに意識を集中した。

「なぁ、徳さん。それに、真鈴や磯八も聞いてくれ」

半四郎は仲間たちに、自分の思惑を語った。

「旗本である六左衛門を観念させるには、雨太郎《こいつ》の口書きだけじゃ足りないかもしれない。こんな三文役者など会ったこともないと、しらを切り通されるかもしれん」

旗本といえば、世間では殿さままで通っている。

『わしはかような下々《しもじも》の者などと、かかわってはおらん』

そう開き直られれば、打つ手がなくなってしまう。

「だからこそ、動かぬ証《あかし》がほしい……いや、できれば、六左衛門を現場で取り押さえたいのだ」

七　幕

半四郎は策を練った。

雨太郎を使えば、六左衛門を現場で捕縛することも不可能ではない。

それにもうひとり、ぜひとも協力させたい人間がいた。

その日の夕べ、波江は縁側に座って、庭を眺めていた。

六左衛門から、とことん裏切られていたと聞かされて、さすがに悄然《しょうぜん》としていたのだ。

半四郎たちと雨太郎は、その波江と並んで、縁側に座った。

「……わたしは、埒もない夢を見続けていたわけですね。人並みに所帯が持てるかもしれないなんて、とんだお笑い種《ぐさ》です。こんな馬鹿な女は、江戸中探してもいないでしょう」

半四郎も真鈴も、またさすがの斉之助も、慰《なぐさ》めの言葉を見つけられずにいた。雨太郎にいたっては、べそをかきはじめている。

一同は、そのまま庭を見つめていた。

「あっ、雪虫だ」

波江が庭を指差して裸足で庭に出ると、白く光る虫を追いはじめた。

「そうか、人魂のことなど忘れていたが、正体は白ばんばだ。夕刻から飛びはじめる白く光る虫だ。北国では雪虫というらしい」

波江は童《わらべ》の時分に、こうして郷里で遊んでいたのだろう。

「こんな虫に怯《おび》えていたわけですね」

磯八が照れくさそうに言った。

ひとしきり白ばんばを追うと、波江は縁側に戻ってきた。

「さぁ、どうぞ。あたしをお縄にして、番屋に連れていってください」

俸禄米を騙し取っていた罪を、波江はしっかりとわきまえていた。

「その代わり、雨太郎さんには、できるだけの恩情をかけてあげてください。このとおりです」

縁側の下で土下座《どげざ》しようとした波江の腕を、さっと半四郎がつかんだ。

「波江さんが番屋に行くことはない。俺はそう考えている。そのためにも、協力してほしいことがあるんだ」

半四郎はそこで、一同に策を告げた。

「うむ、半ちゃん、よく練れた策じゃ。これなら、波江さんも救済できよう」

斉之助が扇子《せんす》で膝を打った。

波江は深く、長く、腰を折って謝意を告げた。

「料簡《りょうけん》しました。ではさっそく、屋敷を出る支度をしてまいります」


小石川の舞浜屋敷を訪れた半四郎を、玄関に出てきた六左衛門は疑り深そうな目をして迎えた。

こちらが雨太郎の素性《すじょう》に勘づいたかどうか、疑っている様子であった。

「いやいや、長らくお待たせいたしたが、波江殿は吉次郎殿との離縁を承諾して、屋敷を出ることになりましたぞ」

「ま、ま、まことでござるか！」

「委細《いさい》、申し上げたとおりでござる」

そう声を大にして伝えてやると、六左衛門は小躍りせんばかりに喜んだ。

「それは、めでたきかな、めでたきかな」

浮かれはじめた六左衛門は、床の間の横の手文庫に手を入れて、小判を掻き集めた。

「では、さっそく服部殿にも、お約束の金子《きんす》を……」

「いや、そうしたことは、すべてが落着してからで結構。八、帰るぞ」

せつなそうな目で手文庫を見つめている磯八をうながし、半四郎はそそくさと舞浜屋敷を出た。


斉之助が知己である出歯こと、老中・水野出羽守に働きかけてくれた。

半四郎も、定町廻り同心の百地京介に言い含めた。

数日後、夜陰にまぎれて、六左衛門は雨太郎とふたり、無人となった矢田屋敷に千両箱を掘り出しにきた。

その現場を、百地京介が、老中から差し向けられた公儀目付を同道のうえ、取り押さえたのだ。

不届きな旗本・舞浜六左衛門を糾弾《きゅうだん》したうえに、三千両まで取り戻して、北町奉行榊原主計頭は、おおいに名を上げた。

旗本である六左衛門は公儀目付が裁くが、波江は御家人の妻ではなく町人であるとされて、町奉行が裁くことになった。

「頼みますよ、お奉行。波江さんが、六左衛門をはめる芝居に協力してくれたおかげで、お奉行も名を上げたんですからね」

半四郎は、やんわりと榊原にねじ込んだ。

一件の仔細《しさい》をあらためて聞き終えた榊原は、

「承知しておる。うえさ……ではなく、迂遠《うえん》な言い方で、そう圧力をかけてきた御仁もおるからのう。とは申せ……」

そこで渋面《じゅうめん》を作った。

「公儀をたばかり、俸禄米を騙し取る片棒を担いでいたのだからな。お上《かみ》を欺《あざむ》いた罪は、とてつもなく重い。法度《はっと》は法度だ。お咎めなしというわけにはいかん。本来ならば死罪じゃ」

将軍家斉がその清廉《せいれん》ぶりを見込んだという榊原は、案外、融通がきかない。

「もちろん、情状酌量《じょうじょうしゃくりょう》の余地はおおいにある。とはいえ、死罪を免じたとしても、島送りぐらいが順当なのだが……」

「お奉行、波江さんは、気の毒な境遇だったんですぜ」

それからも、半四郎と榊原の間でたびたび言葉の応酬《おうしゅう》があり、その『御仁』からも、再度、働きかけがあったようで、最後は榊原も折れた。

波江については、お咎めなしということで落着した。


波江のことで胸を撫でおろした半四郎だが、今度は忘れていた自分のことを思い出した。

「どうした、半ちゃん。波江さんを助けられたというのに、浮かぬ顔じゃな」

「実はさ……」

笑いかけてきた斉之助に、半四郎は打ち明けてみた。

「俺はあの六左衛門から、口止め料を十両、受け取ってしまったんだよ。そのことを六左衛門の奴は、詮議の場でわめきちらすんじゃないかと思ってさ」

「なんだ、なにかと思えば、悪党からの十両ぽっちの鼻薬を気に病《や》んでおるのか。小さい、小さい。だいいち、舞浜の取調べは、目付どもと一緒に出歯がするはずじゃ。なにも心配はいらん」

斉之助は、かっかっと笑った。

「天下の御庭番が、そんな気の弱いことでどうする。よし、ならば」

斉之助は懐から懐紙《かいし》を取り出し、『波江殿　暇金《いとまきん》　金十両』と表に記し、裏に『服部半四郎。舞浜六左衛門より預かり』と達筆で記した。

「彼奴《きやつ》は波江さんに、暇金を十両、渡すと約束したのだろう。半ちゃんは十両の口止め料を受け取ったのではなく、暇金を渡してくれと頼まれて預かったということにすればよい。そう波江さんと口裏を合わせておけば済むことじゃ」

斉之助は手文庫から小判を十枚取り出し、懐紙に包んだ。

「さぁ、これを波江さんに手渡してやるがよい」

「徳さん、そんなことしてもらっちゃ困るぜ。六左衛門から受け取った十両が、そっくり残っているから、それを包むよ」

「よい、よい、半ちゃんは加増の沙汰もないのに、手弁当で頑張っておる。わしからの差し入れだと思ってくれてよい」

斉之助はもう一度、かっかっと笑った。

舞浜六左衛門は切腹で、舞浜家は断絶。

川越の雨太郎は、六左衛門を取り押さえたおりの働きを認められ、死罪から罪を大幅に減《げん》じられ、江戸十里四方所払《ところばら》いと決まった。

半四郎と仲間たちは、神奈川宿《かながわじゆく》に向けて発つ波江と雨太郎を、品川宿《しながわじゆく》まで見送っていた。

雨太郎は、神奈川宿の菜飯屋に奉公することが決まっていた。

その雨太郎に、波江は寄り添っていく。

「ふたりそろって、考えられないほど軽いお裁きにしていただいて……それに半四郎さまには、お餞別《せんべつ》を頂戴《ちょうだい》したうえに、この人の奉公先の世話まで」

波江は人目もはばからず泣いた。

「わたしなんかが、本当に生きている人と所帯が持てるなんて……」

わななく両肩を、斉之助と真鈴が両側から叩いた。

「ごめんなさい。旅立ちに涙は禁物ですよね」

と、波江は無理に笑顔を作った。

「お餞別じゃなくて、お暇金なんだが、まぁそんなこと、どっちでもいいさ。雨太郎の江戸所払いの処置も、長いことではないだろうぜ。江戸と神奈川宿は目と鼻の先だ。俺たちとも、またすぐに会える」

「そうですとも、そうしたらまたゆっくりお話ししましょう」

半四郎と真鈴が、口々に別れを告げた。

「いい門出の日和《ひより》だ。さぁ、神奈川宿までお供しますぜ」

　磯八は神奈川宿まで、波江の荷物持ちを買ってでていた。

「お礼は言い尽くしきれません。夫婦《ふたり》でなんとかやっていける見通しがついたら、真鈴さんにお手紙を書きますから」

　波江は歩き出したが、ときおり振り返っては、手を振ってきた。

　いつかは所帯を持って、人並みな幸せを得るという、波江の夢はかなった。

　何事も必死に願えば、かなうものだ。半四郎はそんな思いを胸に、しだいに小さくなっていく波江に、手を振りかえした。

　いずれはこの俺も……。

　半四郎がちらっと脇を見やると、真鈴と目が合った。

第四話　上さま危機一髪

一　幕

文政十二年の秋、九月の末であった。

江戸城の大奥《おおおく》で、将軍家斉は御台所《みだいどころ》である近衛寔子《このえただこ》とくつろいでいた。

夫婦で眺《なが》める坪庭《つぼにわ》には、紅白の山茶花《さざんか》の蕾《つぼみ》が開きかけていた。

「山茶花の花の時分になると、そなたと夫婦《めおと》になったあの年のことが思い出されるのう」

御台所は薩摩藩主《さつまはんしゅ》・島津重豪《しまづしげひで》の娘であり、右大臣近衛経熙《つねひろ》の養女として家斉の妻となった。四十年前の寛政《かんせい》元年のことであった。

「はい。わらわも四十年前のことが、つい昨日のように思い出されます。そして、あの者のことも、あの者が産んだ子のことも……」

「そうじゃな。あの者は、我ら夫婦がこうして円満に結ばれる捨て石となってくれた。それだけでなく、あの者が産んだ余《よ》の弟に、日陰者《ひかげもの》の道を歩ませてしまった……」

「上さま、もう申されますな。ご自分を責めすぎてはなりません」

寔子は優しく夫をいたわった。

「上さま、御台《みだい》さま、よろしゅうございますか」

中臈《ちゅうろう》と呼ばれる侍女《じじょ》の声がして、家斉に一通の書状が手渡された。

宛名《あてな》は『うえさま』。差出人は『妙』と一文字だけ記されていた。

「ふむ、噂《うわさ》をすればじゃのう。あの者からじゃ」

家斉が書状を開こうとしたとき、別の中臈が来て平伏した。

「中奥《なかおく》に水野出羽守さまがまいられまして、至急、お目通りを願っておられます」

中奥とは、幕府の政庁である本丸《ほんまる》と、大奥の間に位置していて、将軍が日常を過ごす御殿《ごてん》である。

「出歯か。あいかわらず忙《せわ》しない奴よのう」

家斉は書状を懐《ふところ》にしまって立ち上がった。

半四郎は七日間の出張《でば》りで、印旛沼《いんばぬま》に赴《おもむ》いていた。

暇《ひま》同心である半四郎に、出張りの声がかかることなど、これまではなかった。

莫大《ばくだい》な増収をもたらす印旛沼の開拓は幕府の宿願で、沼地の測量が断続的におこなわれていた。

そこで今回、橋廻りである半四郎も手伝いに駆り出されたのだ。

『沼』の開拓《かいたく》なので、普段、江戸の川筋を歩いている橋廻り同心なら、多少は役に立つだろう。その程度の意味合いしかないのだろうが、半四郎だけでなく、南町の橋廻り同心も手伝い役に加えられていた。

現地では勘定奉行である京極左馬助《きょうごくさまのすけ》が『この干拓《かんたく》を仕切るのはわしじゃ』とばかり、意気込んで測量の指揮をとっていた。

左馬助は、一千石取りの気鋭の旗本である。

公儀に増収をもたらせば、勘定奉行にとっては大殊勲《だいしゆくん》となる。おかげで半四郎たちも、測量の手伝いやらなにやらで、さんざんこきつかわれた。

「やれやれ、疲れたぜ。なんで御庭番を兼任する俺が、下総《しもうさ》くんだりまで……」

八丁堀の組屋敷に戻って旅装を解いていると、真鈴が白い手で招いてきた。

「半四郎さま、こちらへ」

真鈴に導かれて斉之助の部屋にあがると、蒼《あお》い顔をした身形《みなり》のいい武士が、かくかくと貧乏揺すりをしていた。

「あ、あんた、出歯さん……じゃなくて、老中の出羽さまだよな」

以前にも一度、こっそりと半四郎長屋にやってきたことがある老中首座・水野出羽守忠成《ただあきら》が、落ち着かなげに座っている。

「おお服部、戻ったか、遅かったではないか。どこをほっつき歩いていたのだ」

いきなり叱《しか》ってきた出羽守だが、半四郎は反発する気にもならなかった。それほど出羽守の顔に、困惑の色が濃かったからだ。

「そちは二十番目の御庭番じゃ。これより探索の密命を下す」

おごそかに命じようとしているのだろうが、出歯がかちかちと鳴って、およそ威厳というものがない。

「いよいよ、おいでなすったな。よしきた、なんでもうけたまわるぜ」

御庭番になって初めての、しかるべき筋からの下命であった。半四郎も口先はともかく、内心ではかなり緊張した。

「前置きなしで申す。一昨日から将軍家斉公が行方不明なのじゃ。家斉公の探索が、此度《こたび》の服部の使命じゃ」

「おっと将軍家かい。いきなり大物だな」

胸の鼓動が、せりあがってきた。

「半四郎さまも、水戸黄門光圀公《みとこうもんみつくに》のことは、ご存じでしょう」

真鈴が、百年以上も昔の、名君として名高い水戸藩主の名をあげた。

「光圀さまは、水戸城下をお忍びで散策していたことで、知られています」

「俺だってそれくらい知っているぜ。散策というか漫遊《まんゆう》していたのだろう」

名君・水戸黄門が、世直しのために諸国を漫遊していたというネタの講談が、両国あたりで語られはじめていた。

「はい。家斉公は黄門さまの真似をして、江戸城下を歩きまわる癖《くせ》がおありであったのです」

「そうなのじゃ。それで、此度もぷいと市中に出かけたきり、お戻りにならん。ああ、どうすれば、どうすればよいのか」

出羽守は、天井を仰《あお》いで嘆息《たんそく》した。

天下無双《むそう》の賄賂《わいろ》取りだが、将軍を敬《うやま》うことにかけてはまこと忠臣である出羽守の顔は、苦渋《くじゅう》に満ちていた。

「将軍直属である御庭番十九家を総動員して、探索にあたらせている。それなのに、手がかりすらつかめないままなのだ。かといって、他の目付衆や町方などを動かすわけにもまいらん」

将軍が失踪《しっそう》したなどと世間に知れたら、幕府の威信にかかわる。探索に割《さ》ける人数が、思いのほか限られてしまうのだという。

「そうですかい。それでとうとう、二十番目の御庭番であるこの服部半四郎にも、お呼びがかかったというわけですな」

当初の緊張がゆるんできた半四郎は、不敵に笑った。

「さっそく動いてみますが、それはそうと出羽守さまのほうには……」

なにか手がかりはないのか。問う半四郎に、出羽守は力なく首を振った。

「……なにもなしですか」

半四郎は、一瞬、鼻白んだ。

「手がかりと言えるかはわからぬが……」

と、出羽守は言う。

「つい数日前、用談があって上さまのところに伺候《しこう》した。上さまは手にした書状のことが気になるらしく、わしに生返事をしながら、書状にたびたび目をやっておられた」

将軍家斉には、数年に一度、『妙』という差出人の書状が来るらしい。だがこれまで将軍の口から周囲に、その差出人のことや手紙の中身が語られたことはなかった。

「あの日、上さまが手にされていた書状にも、差出人に『妙』とひと文字、記されてあった」

出羽守は、ぽつりともらした。

「わしも『妙』という文字に心あたりはないのじゃ。『みょう』と読むのか『たえ』と読むのか……それすら判然としない。服部、そのほうはいかがじゃ?」

「なんとも、妙《みょう》な成り行きですな」

半四郎は返答のしようもなく、つまらない駄洒落《だじゃれ》だけ口にした。

「わしが懇意《こんい》にしている大奥の老女たちに聞いても、その文字に心当たりはないという。とは申せ……」

洒落には応《こた》えず、出羽守は深い吐息《といき》をついた。

「上さまはな、手紙に目を落として、落涙《らくるい》あそばしたのだ。そしてな、巻紙の間から、ぽろりと山茶花の紅《あか》い花びらが舞い落ちた」

二　幕

出羽守はそれからも、さんざん首をかしげては弱音を吐くと、御忍駕籠《おしのびかご》に乗って去っていった。

なにも手がかりがないなか、この百万を越す人間が住む江戸市中から、失踪した将軍を見つけて助け出す。

（なんだか、気の遠くなりそうな仕事だな）

居間に戻ってくると、半四郎は嘆息した。手がかりらしいものといえば、紅い山茶花の花びらと、『妙』という差出人の名だけなのだ。

「ところで、八の野郎は顔を見せないな」

いつも呼びもしないのに半四郎長屋にいりびたって、うるさいくらいつきまとってくる磯八の姿が見えない。

「おい、里江さん。俺が留守の間、八の奴は顔を出したかい？」

大家《おおや》の代行を務める里江に、居間から大声を出して聞いてみた。

「それがさ」

里江は井戸端から、大声で返してきた。

「ここ、二、三日、顔を出さないんだよ、おおかた小博打《こばくち》で当てて、岡場所にでも繰り込んでいるんだろうさ。半ちゃんには真鈴さんがいるからいいけど、八にも早く女房を持たせないとね」

「おいおい」

気恥ずかしくなった半四郎は、井戸端に飛び出した。

「大きな声で吹聴《ふいちょう》するのは、勘弁してくれ。ああ、それから、徳さんも姿を見せないな」

「なんだ、今頃《いまごろ》、気づいたのかい。半ちゃんはさっきまで、徳さんの部屋で妙な客人と話し込んでいたじゃないか。徳さんはいなかっただろう」

そういえば、そうだった。

「ところで半ちゃん、あの身分の高そうなお武家は誰なんだい。年寄りだが、いい男じゃないか。まさか、真鈴さんの旦那《だんな》じゃないだろうね」

里江がいらぬ詮索《せんさく》をしてきた。

「そんなんじゃないさ。ときどき徳さんが口にする出歯ってのが、あの爺《じい》さんだ」

里江も一応は納得したようだったが、

「とにかく、半ちゃんも油断していると、横合いから真鈴さんを、かっさらわれるよ」

またもや、周囲をはばからぬ大声を出した。

「それより、徳さんが最近顔を出したのはいつだ？」

「ああ、一昨日だったかね。そういえば、半ちゃんを探していたよ」

里江の亭主《ていしゅ》の蘭方医・導庵が、診療《みたて》を終えた患者を送り出しながら、口を入れてきた。

「半ちゃんは出張りだと教えると、がっかりした顔をしていたな。そうしたら、そこに磯八もやってきてね」

女房が見逃《みのが》していたところは、しっかりと亭主のほうが目に留めていてくれた。

「半ちゃんがいないならしかたないと、徳さんは磯八を連れて、どこかに出かけていったよ」

それきり、ふたりとも顔を見せないという。

「そうかい、ならかえってありがたいぜ。こっちは大事なお役目があるから、ふたりに絡んでる暇はねぇんだ」

強がりを口にしたものの、磯八と探索を手分けしようと思っていたので、結構な痛手であった。

「あら、皆さんおそろいで」

出羽守を通りまで見送っていた真鈴が、愛想のいい声をかけてきた。

「おそろいじゃないさ。徳さんと八が、お神酒徳利《みきどっくり》でどこぞをほっつき歩いているようだ」

声に不機嫌をにじませると、

「半四郎さまはお寂しそう。でしたら、あたしがお供をしますよ」

真鈴はえくぼをのぞかせて微笑《ほほえ》んだ。

「ああ、いいね。なんの用事だか知らないが、ふたりで出かけるといいよ」

里江と導庵が夫婦の四本の腕で、半四郎と真鈴の背を押してきた。

「では、あたしも心当たりをまわってみますから」

表通りに出たとたん、真鈴は一礼して立ち去ろうとした。

「なんだ、一緒に探索に動くんじゃないのか」

「徳山の御前も、磯八さんもいないんです。人手が足りないのですから、手分けをしたほうがいいでしょう」

「まぁ、それもそうだな。じゃあ、俺は俺で動くから」

落胆を顔には出さず、半四郎は右手をあげた。

真鈴の背を見送った半四郎は、自分も歩き出しながら、思案をした。

どう読むかもはっきりしない、『妙』の文字よりも、山茶花の線で追ったほうがいいのではないか。

そう決めた半四郎は、道すがらの酒屋に立ち寄った。

懐の有り金をはたいた。五合徳利を五本ほど風呂敷に包ませると、よいしょっと肩に背負った。

そろそろ町方の同心たちが、組屋敷に帰ってきて晩酌《ばんしゃく》をはじめる時刻であった。

半四郎は知った顔の廻り方の同心のところを、小半を手土産《てみやげ》にまわった。

「行き方知れずの人間を探している。手がかりは『山茶花』という言葉だけしかない。江戸で『山茶花』という言葉で、ピンとくる心あたりはないのかい」

夕暮れどきの八丁堀界隈《かいわい》をまわって聞きまくった。

廻り方の連中は皆、首をひねるばかりだった。

考えてみれば無理もない。山茶花と名のつく料理屋とか、山茶花が売り物の庭園を探せといった問いかけなら、まだ答えようもある。

漠然《ばくぜん》と『山茶花』とだけ言われても、見当のつけようがないだろう。

「それは難問だぞ、半四郎」

良心的に、小半を押し返してくる同心もいた。

日暮れて道遠し。半四郎はなにも種らしいものに行き当たれなかった。


夕刻、半四郎長屋に戻ってきた真鈴は、斉之助の部屋に人の気配を感じた。

「出羽守さまではありませんか」

火の気もない六畳間に、出羽守はぽつんとひとり、座っていた。

「他の御庭番・十九人からも朗報《ろうほう》はない。隠居や跡取りのいる家は、それらの者も繰り出させて、探らせておるのじゃが」

出羽守は、長い息を吐いた。

「あくまで、わしの予感であるが、この危急《ききゅう》を救ってくれるのは、あの服部のような気がする。上さまはああ見えて、人を見る目だけは、たしかだからのう。そんな思いで、ついまた立ち寄った」

「今、お茶をお出ししますから」

土間に立って竈《かまど》に火をおこしながら、真鈴は今日一日のことを手短に語った。

「上さまは徳山斉之助さまとして、半四郎さまを相棒に、数々の一件にかかわってこられました。お情けをかけられた人も多いのですが、一件が落着したあとも、引き続き見守ってやらねばと、気にかけていた人たちもいるのです」

そうした人々に会いにいっているのではないか。真鈴がつけた見当は、その一点にあった。

それで今日一日かけて、江戸中をめぐってみたのだが、見当をつけた人々は半四郎と斉之助の尽力の甲斐《かい》あって、皆、それぞれに平穏《へいおん》な日常を送っていた。

だが最近になって、斉之助が立ち寄った気配もない。

「美味《うま》い茶であるな」

ひと口すると、出羽守は白髪《しらが》の混ざった眉《まゆ》を向けてきた。

「いっそあの服部に、徳山斉之助こそ上さまじゃと、告げてみるというのはどうじゃ。そうしたほうが、なにかと都合がよい気がする」

真鈴は意表をつかれたように、三日月眉をあげた。

「徳山斉之助殿も……上さまと同様に、姿をくらましてしまったわけじゃ。あの服部も気にかけておるだろう。上さまよりも先に、徳山斉之助探しに突貫《とっかん》していくのではないか」

「同じことではありませんか」

　真鈴は口元をほころばせた。

「いや、そうではなかろう。上さまを探すのと、徳山斉之助を探すのでは、意味合いが少し違う。もし上さまが、上さまとして姿をくらまされた……あるいは何者かに連れ去られたとすれば、徳山斉之助の行方を追うのとは、読み筋が違ってまいるはずだ」

　出羽守の言に、真鈴は胸騒ぎがした。

「そんな、上さまが拉致《らち》されたと……」

「わしは最悪の場合を想定して、ものを言うているのだ。まぁ、よい。服部にすべてを打ち明ける時宜《じぎ》は、双方《そうほう》に親しい真鈴に任せる……むっ」

　小庭をへだてた屋敷で、人の気配がした。

「どうしたんです、出羽さま。こんな場末の長屋に、日に二度もお出ましになるなんて」

　半四郎は遠慮する素振《そぶ》りも見せずに上がり込み、軽口を叩《たた》いた。

「ご老中ってのは暇なんですかね。もしかして橋廻りといい勝負なのかな」

日頃、斉之助が、出歯、出歯と呼んでいる人物であるせいか、つい気がねなく思ったことが口を出てしまう。

「服部よ、当節のことを江戸市中では『文化文政、江戸の世盛り』などと言って浮かれておる。しかしな、天下というものは磐石《ばんじゃく》に見えるときこそ、危ういものなのだ」

出羽守は、いわくありげな口ぶりであった。

「青山下野守忠裕《あおやましもつけのかみただひろ》、大久保加賀守忠真《おおくぼかがのかみただざね》というふたりの老中が、家斉公の不在に感づきおってな。上さまはどちらにおられるのかと、わしに詮索がましい目で迫ってきたのだ」

出羽守は、ふたりの政敵のことを語った。

ふたりはもともと、白河楽翁《しらかわらくおう》こと松平定信の息がかかった人物だ。定信は寛政の改革を主導して、その名が天下に鳴り響いた名老中である。

定信は御三卿《ごさんきょう》・田安徳川家《たやすとくがわけ》の生まれで、同じく一橋《ひとつばし》徳川家出身の家斉との間で十一代将軍の座を争った経緯《いきさつ》があった。

この青山、大久保の両名だけでなく、定信の薫陶《くんとう》を受けた老中や若年寄は『寛政の遺老《いろう》』と呼ばれ、江戸城の中で確固とした存在感があった。

この年の五月に定信が死去し、家斉も出羽守も、内心でほっとしたところだったのだ。

「このところ、あのふたりは意気消沈していたのだが、急に息を吹き返したように、『上さまはいずこに』と、わしに迫ってくるのじゃ」

出羽守は、背中をむずむずとさせた。まるで、家斉の失踪を知っているかのような物腰であったという。

「幸い、と言うべきか、定信公はあの世に逝ってくれた。であるが万が一、上さまが不慮《ふりよ》の死をお遂《と》げあそばしたら、将軍家も決して安泰ではない。あのふたりの老中は、上さまと犬猿《けんえん》の仲であられる、紀州大納言《きしゆうだいな》治宝《ごんはるとみ》さまを、担ごうとするかもしれん」

治宝の妻である種姫《たねひめ》は、田安宗武《むねたけ》の娘で松平定信の妹である。

半四郎には縁遠い世界の話だったが、出羽守の口をついて出てくる言葉は、ひどくなまなましかった。

「治宝公は五十八歳と高齢だが、やる気満々の老人でな。ある意味、上さまによく似ておられる」

出羽守は、大げさに話をふくらましているわけではなさそうだ。将軍家に危機が迫っているのは、たしかなのだろう。

「治宝公とて、いきなり将軍になろうとはしないはず。まずはおそらく、上さまの嫡子《ちゃくし》・大納言家慶《いえよし》公の後見人に名乗りをあげるであろう」

半四郎は、出羽守の話に引き込まれていった。

「ここだけの話だが、家慶公は人がよいばかりでな。修羅場には見るからに弱そう、いや、実際のところ弱いのだ。となると、幕政はこれまでのようには……」

そこで出羽守は、しょげたように目を古畳に落とした。

「なるほど、老中首座たる出羽さまの思うとおりには、いかなくなるってわけか。なぁ、真鈴よ。上のほうは上のほうで、大変そうだな」

相槌《あいづち》を求めに目を向けると、

「半四郎さま」

怖い顔で、首を横に振られた。

「ことは、わしひとりの問題ではない。今、にわかに家斉公を失っては、天下の乱れのもとになるのだ。のう服部、なんとか家斉公を見つけ出してくれ。このとおりじゃ」

出羽守は両手をつき、激しく貧乏揺すりをしながら、すがってきた。

出羽守の焦燥《しょうそう》は深い。なのに、なにも手がかりはつかめずにいた。

こうなったら、内勤の与力や同心にも聞いてみようと、半四郎はその翌朝、久方ぶりに北町奉行所にやってきた。

「ああ、江戸で山茶花といえば、深川の淡香院《たんこういん》だな」

いともあっさりとそう口にしたのは、半四郎の上司である橋廻り与力・佐藤文太郎であった。

「俺も何日か前に行ってきた。いやはや、半四郎。咲き初《そ》めの山茶花ほど、清らかなものはないぞ。おぬしも今日明日あたり、長屋の連中を連れて散策してきたらどうだ」

淡香院は深川の霊巌寺の裏手にある尼寺《あまでら》で、寺を囲む生垣がすべて山茶花なのだという。別名が姫椿庵《ひめつばきあん》。姫椿とは山茶花のことである。

「江戸に花の名所は数あれど、淡香院の山茶花は知る人ぞ知る穴場だ」

文太郎は力強く、そう言い切った。

「のんびり散策を楽しむような心境じゃないんだけどな。ふぅん、江戸で山茶花といえば、淡香院か……文太郎さんがそう言うなら、出向いてみるか」

この文太郎、半四郎がひそかに学ぶところの多い、さぼり与力なのだ。

橋廻りに行ってくると称しては、愛妻を伴って江戸中を散策して歩いている。

その言には、一応の重みがあった。

「ここの院主《いんじゅ》さまは、もう姥桜《うばざくら》だが、ただならぬほどお美しいと評判だ。仔細《しさい》は知らんが、かなり由緒《ゆいしょ》のある尼寺で、将軍家や御台所さまからも、寄進《きしん》や季節の到来物があるというぞ」

思わぬところで、将軍家の名が出た。

半四郎はすぐさま、北町奉行所を飛び出した。

淡香院は、深川でも小さな寺院が集まる一郭《いっかく》にあった。

なるほど、山茶花の淡い芳香が生垣のまわりに漂っている。いかにも穴場らしく、散策する人の姿が、ちらりほらりと見えるだけだ。

山茶花は椿に似ているが、江戸の、特に武家の間では、椿よりも人気がある。花ごとぼとっと落ちて散る椿は、落首《らくしゅ》を連想させる。それに比して、花びらが一枚一枚落ちる山茶花は、清らかで奥ゆかしい花とされていた。

（まぁ、見事な花には違いないが……）

文太郎のすすめで、やってはきたものの、だからといってどうということはない。将軍失踪にかかわる手がかりなど、そう簡単に転がっているものでもなかった。

「うん?」

半四郎は生垣の枝の間に、小さな紙切れがはさまっているのに目を留めた。手にとって目を落としてみる。

(これって、八の奴が大切にしてる、深川の富岡八幡宮のお守りだよな。まったく、犬も歩けばだぜ)

将軍家の手がかりはなかったが、顔を見せない磯八の手がかりが残されていた。

磯八は、小銭がたまるとすぐ、深川の岡場所にあがる。生き甲斐と言っていいかもしれない。そこで、病気をもらわないおまじないとして、いつも富岡八幡宮のお守りを帯の間にはさんであるのだ。

(岡場所通いの帰りにでもここに寄り、尼寺の風呂場でものぞこうとしていたのかな)

半四郎は生垣の中に半身を入れて、淡香院の中をのぞこうとした。

そのとき、

「おい、そのほう!」

鋭くとがめる声が、半四郎の耳に響いた。

「そこで、なにをしている」

四十絡みと見える武士が、こつっと差料《さしりょう》の鯉口《こいぐち》を切ってきた。

「おい、いきなりだな。俺はただ、山茶花の香りを嗅《か》いだだけだぜ」

軽くいなそうとしたが、その武士は訝《いぶか》しげな目で半四郎を睨《にら》んでくる。月代《さかやき》を剃《そ》らずに、総髪《そうはつ》に結っていた。目つきは鋭く険《けわ》しい。

「この淡香院は、五摂家《ごせっけ》筆頭である近衛家ゆかりの尼寺だ。見れば町方の不浄役《ふじょうやく》人らしいが、不埒《ふらち》な所業を企んでいたのなら許さんぞ」

その武士の後ろには、配下らしいふたりの若い武士もいた。

「なるほど、おまえさんは青侍かい」

江戸ではめったに見かけないが、公家《くげ》に仕える武士を青侍という。いきなり鯉口を切られた半四郎は、揶揄《やゆ》するような言葉を浴びせた。

「五摂家だか、後家好みの助平だか知らねぇが、いきなり抜くからには、それ相応の覚悟はあるんだろうな」

「な、な、なんたる無礼」

後ろにいたいかにもまだ青い若侍が、額に青筋を立てて、いきなり斬《き》りかかってきた。

「うおっと」

半四郎は半身を仰《の》け反《ぞ》らして一閃《いっせん》をかわした。勢いあまってかぶさってきた若侍の鼻柱に肘《ひじ》打ちを見舞いざま、足払いをかけて蹴《け》り転がした。

「あっ、この野郎、鼻血なんか噴き出しやがって」

袖《そで》に返り血がついた半四郎は、顔をおもいきりしかめた。

「そのほうも町方の端くれなら聞いておろう」

最初の青侍が、柄《つか》に手をかけたまま吠《ほ》えてきた。

もうひとりは、左手がぷるぷると震え、鯉口が切れないでいる。

「数日前にも不逞《ふてい》の輩《やから》がおった。この尼寺のその生垣の間から、不埒で破廉恥《はれんち》な行為に及ばんとした。そのほうら不浄役人がだらけておるから、江戸市中の風儀が乱れるのだ」

やはり磯八が、のぞきかなにかしたらしい。

「だからといって、いきなり斬りかかっていい法はねぇだろう。俺は北の橋廻りだが、ゆえあって御庭番第二十家を兼任する服部半四郎だ。そっちも名乗ったらどうだ」

　御庭番と聞いて、ふたりの青侍は浮き足だった。

「近衛家の青侍と、将軍直属の御庭番が斬りあっては、うまくなかろう。しかたない、ひとまず刀を引け」

　そう言って、転がったままの若侍を、ふたりで助け起こした。そして半四郎に睨みをくれながら、淡香院の木戸門の中に引き上げていった。

　木戸門を蹴破って、追いかけるわけにもいかない。格式のある尼寺である淡香院は、男子禁制である。

（もしや、八の奴はあいつらに取っ捕まって、尼寺の中に閉じ込められているんじゃないだろうな。とすれば、徳さんも……）

　気が揉《も》めるが、野次馬が集まり出して、遠まわしにこちらを見ている。これ以上、垣根の隙間《すきま》から、中をうかがうことはできなかった。

　将軍家斉、斉之助、それに磯八……結局のところ、半四郎は三人の行方探しをしているようなものだった。

　まだ日は高かったが、ため息をつきつつ、八丁堀に戻ってきた。

とりあえず、今日の淡香院での一件を語りあうとすれば、佐藤文太郎しかいない。文太郎はとっくに帰って、すでに晩酌をはじめている頃合いだろう。同心の組屋敷は百坪だが、与力の組屋敷は三百坪ぐらいある。

「おお、来ると思っていたぞ」

文太郎は頰《ほお》を桜色に染めて、半四郎を待っていた。

「それがな、半四郎。俺もさっき聞いたことなのだが、三日前に俺がそぞろ歩いた直後に、淡香院で捕り物があったらしいのだ」

半四郎に杯を持たせながら、文太郎は首をすくめてみせた。

「いやぁ、あわやのところで俺も居合わせるところだったが、俺には天のご加護がついている。そんな騒ぎの最中にうろうろしていたら、俺の日常の務めぶりが、白日《はくじつ》のもとにさらされてしまうからな」

さぼりがばれなかったことを喜びつつ、文太郎が順序だって語りはじめた。

「三日前、俺が家内と出かけた日の夕方のことだ。植木職人らしい風体《ふうてい》の男ふたりが、山茶花の生垣の間から、淡香院に闖入《ちんにゅう》しようとしたらしいのだ」

文太郎は、半四郎の杯に銚子《ちょうし》をかたむけた。

「まったくもって、間抜けな男たちだな。風呂場をのぞこうとしたところを、警護の青侍に取り押さえられたというのだ」

半四郎は苦い顔で、注《つ》がれた酒を干した。

「面妖《めんよう》なことに、そのふたりは青侍たちに引っ立てられて、淡香院に閉じ込められたらしい」

たしかに面妖であった。普通、罪科《つみとが》を犯したとされる容疑者は、まず自身番屋で取り調べを受け、ついで大番屋で十分な詮議《せんぎ》を受ける。

そして、吟味方《ぎんみかた》与力が審査する入牢証文が交付されて、そこではじめて入牢という運びとなるのである。

半四郎は唇を嚙《か》み締めつつ、耳を傾けていた。

「それでここから先が、もっと面妖なのだがな。勘定奉行である京極左馬助さまが昨日、我らのお奉行のところに、その件で直談にやってきたのだ」

「待ってくれよ、文太郎さん。尼寺ならば寺社奉行が管轄だろう。なのに、どうして勘定奉行がやってくるんだ?」

「難しいことを聞くな。俺に答えられるのは、江戸の名所案内ぐらいのものだ」

開き直られて、半四郎は苦りきった。

「それでその植木職人の身元はわかったのかい?」

気を取り直して問うてみた。おおかた、そのうちのひとりは磯八に違いない。それにいまひとりが誰かも、容易に察せられた。

「ひとりはいかにも助平そうな狸顔《たぬきがお》で、中肉中背、三十前後の町人らしい」

予期していたとおりの言葉を、文太郎は返してきた。

「もうひとりが見物でな。こっちも見るからに助平そうな顔をした、白い鯰髭《なまずひげ》を生やした年寄りだったそうだ。あっちは役立たずだろうから、見るは法楽《ほうらく》とばかりにのぞこうとしたのか」

半四郎は眩暈《めまい》がしてきた。

三 幕

夕刻、半四郎と真鈴は深川にやってきた。

門前仲町の水茶屋で暗くなるのを待ちながら、真鈴と種を割りあった。

「上さま失踪の陰で、なにか巨《おお》きな企てが動いているような気がします」

茶碗を見つめながら、真鈴はつぶやいた。

「京都の近衛忠熙《ただひろ》さまが、江戸に出てこられるという動きがあるようです。それに紀州の徳川治宝さまも、和歌山《わかやま》からすでに麴町《こうじまち》の紀州藩邸に入られていて、上さまに拝謁《はいえつ》したいと願い出られているとか」

近衛忠煕は従一位《じゆいちい》内大臣。紀州治宝は先の大納言。ふたりとも、とんでもないお偉いさんである。半四郎からすれば、まさに雲の上の人物であった。

今日一日で、真鈴はあちこち飛びまわってきたらしい。

出羽守からも追加の種が流れてきたのだろうが、真鈴が独自に入手してきた種もあるに違いない。

不思議な女だと、半四郎は今さらながら、心中で感嘆《かんたん》した。

とはいえ事態は、のんびりと感嘆などしているような状況ではない。

「まるで上さまが江戸城から姿を消したのを、見計らっていたようだと、出羽守さまが」

真鈴の声に、不安の色がにじんでいた。

「将軍が失踪して、まだ三日だ。それなのに、いやに天下がざわついてきやがったもんだな」

半四郎も虚空《こくう》に向かってつぶやいた。

「それだけではありません。勘定奉行の京極左馬助さまも、上さまへの目通りを願ってきています。それに極めて異例ながら、京極さまを介添えする形で、青山、大久保の両老中も拝謁を願い出ておられるとか」

江戸城中で政変が起きるのではないか。さしもの能天気な半四郎までが、そんな胸騒ぎがしてきた。

「一旗本が、いったいどういうことかな。印旛沼干拓の功で、大名にしろとねじ込みにきたのか」

とはいえ、印旛沼の開拓事業は、まだはじまったばかりだった。

「なぁ、真鈴。この裏手の淡香院に、徳さんと八が囚《とら》われの身になっているかもしれないんだ。のぞきを働いたとすれば自業自得だが、放ってはおけない」

「あたしが露払《つゆはら》いをします。暮れ切るのを待って、忍び込みましょう」

横を通り過ぎようとした水茶屋の親仁《おやじ》に聞くと、淡香院の院主さまは妙春《みょうしゅん》という名だという。

「おっと。将軍失踪のほうの手がかりに、ふいに行き当たったか。『妙』は、妙春のことかもしれない」

半四郎は手ごたえを感じたように、にんまりと笑った。

「実はな、真鈴。俺にはもう将軍失踪のことなど、どうでもよくなってきていたんだ。まずは、徳さんと八を助ける。将軍の居場所を探索するのは、それからのことだ。そう思い定めていたんだが……」

半四郎は小刻みに首を振った。

「俺もまさかとは思うが、将軍、それに徳さんと八の行き方知れずは、存外、どこかでつながっているかもしれないな」

真鈴は、はっきりとうなずいた。


陰暦《いんれき》二十九日、かぼそい弓のような月が浮かんだ。

そのあるかなきかの月明かりの下を、半四郎と真鈴は駆けた。

真鈴は猫のような身の軽さで跳び、淡香院の生垣を越えた。半四郎はそこまで身が軽くないので、山茶花の葉に頬をこすられながら、生垣の隙間を抜けた。

「さっ、半四郎さま」

すばやく屋根にあがった真鈴のあとを追い、ふたりは土蔵の天井窓から、淡香院の屋根裏に侵入した。

「尼寺といっても、抹香臭《まっこうくさ》いのは普通の寺と変わらないな」

半四郎の軽口を、真鈴は唇に指を立てて止めた。

ふたりは無言で猫足を踏んで進み、天井裏から斉之助と磯八を探した。

酒とするめの匂《にお》いがした。天井板の隙間からのぞくと、男子禁制の尼寺であるはずの淡香院に、男たちの姿があった。

昨日やりあった、近衛家の青侍たちだ。

(ちっきしょう、徳さんも八の姿もねぇな)

斉之助と磯八が囚われている様子はなかった。

(気落ちせずに、もっと探してみましょう)

伊賀の読唇術《どくしんじゅつ》で語りあったふたりは、もう一度、土蔵の下から、繰り返し目を落としていった。

「真鈴」

親指を下に向けた半四郎は、思わず声をもらしてしまった。

土蔵から動きはじめたので、かえって、土蔵の中を確かめるのがおろそかになっていたのだ。土蔵の隅《すみ》に、四畳半ほどの座敷牢が設《しつら》えられていた。

真鈴の目が、見開かれた。

「院主さまでしょうか」

真鈴も思わず声に出してつぶやいていた。

座敷牢に幽閉《ゆうへい》されていたのは、斉之助でも磯八でもなかった。

淡香院《ここういん》の院主さまである、妙春に違いなかった。

いとも清らかで気品のある老《お》いた尼僧《にそう》が、黙然と端座《たんざ》している。

(すぐにも、お助けしましょう)

(それは、そうするしかないが、徳さんと八はどうしたんだろう)

ふたたび唇を読みあったふたりは、ともかくも、おいたわしげな院主さまを助け出すことにした。


半四郎は妙春を背負って走った。

半四郎の背中で、妙春は経文《きょうもん》を唱《とな》えながら、ときおりたちの悪い咳《せき》をした。胸を病《や》んでいるのではないか。半四郎の胸に不吉な推量が浮かんだ。

半四郎長屋の空き部屋には、いてもたってもいられないらしい出羽守がまたやってきていて、全身で貧乏揺すりをしながら、半四郎たちを待っていた。

「これは、もしや磯風《いそかぜ》殿ではないか!」

「なんと、出羽守さまではございませんか!」

ふたりは旧知の仲であるらしい。

「四十年ぶりでござるな」

「はい。最後にお会いしたのは、出家して妙春と名乗る、少し前のことでございました」

「そうであった。磯風殿は出家なされて、妙春殿になられたのですな。いやはや寄る年波で、思い出せませんでした」

『妙』とは、やはり妙春のことであったのだ。六十六歳の出羽守は、拳《こぶし》で自分のこめかみを、ぐいぐいと押した。

もっとも、出羽守を責めるのは酷《こく》であろう。

妙春という法名を耳にしたのは、四十年前のそのときだけで、出羽守の記憶には、若く美しい老女・磯風として残っていたらしい。

再会に気をたかぶらせていた妙春だが、はっとしたように頬を引き締めた。

「出羽守さま、一大事でございます。面目《めんぼく》次第もございませぬ。わが子の左馬助が、上さまに弓引く仕儀《しぎ》となりました」

「な、な、なんと……京極左馬助殿が……上さまにご謀反《むほん》とな」

出羽守は、出歯をがちがちと鳴らして、震えはじめた。

「勘定奉行が上さまにご謀反とは、なるほど火急《かきゅう》を要する一大事だが、出歯さん、頼む。その前に、おふたりがどういう知り合いなのか、手短に教えてくれ」

「あたしからもお願いします。きっと今回の上さまご失踪に、つながってくる話だと思いますので」

半四郎と真鈴にうながされ、妙春と出羽守は、代わる代わるに言葉を補《おぎな》いあいながら、四十年前にさかのぼる出来事を語りはじめた。

四　幕

四十年前の寛政元年、将軍家斉は薩摩藩主・島津重豪《しげひで》の娘である茂姫《しげひめ》を、御台所として迎えた。

茂姫は島津家とは縁戚《えんせき》関係にある五摂家の筆頭・近衛家の養女となり、近衛寔子として家斉の正妻となった。

近衛家から寔子付きとしてやってきた老女・磯風は、評判の麗人《れいじん》であった。花婿《はなむこ》の家斉は若い。平凡な顔立ちをした花嫁ではなく、この磯風にのぼせ上がってしまうのではないか。周囲の者は、皆が皆、かなり深刻に心配した。

しかし、取り越し苦労であった。

家斉は磯風には目もくれなかった。

皮肉なものであった。その代わりということでもあるまいが、磯風にのぼせてしまった男がいた。家斉の実父、一橋治済《はるさだ》である。

治済はそのとき、四十八歳の男盛り。将軍の実父となって舞い上がってもいた。磯風の美しさに我《われ》を忘れ、無理やりに通じたうえに、孕《はら》ませてしまった。

磯風は、岩倉左京太夫《いわくらさきょうだゆう》という下級公家の娘だが、とびきりの美女というだけでなく、知性にあふれていた。それでいてつつましやかで従順な老女であり、近衛忠熙《ただひろ》のお気に入りであった。

近衛家といえば、宮中席次が皇族である宮家よりも上位であるとされる。とにかく、とんでもない名門である。

「おのれ、いかに将軍の実父とはいえ、近衛家の老女を、遊女とでも勘違いいたしたか」

近衛忠熙は烈火のごとく怒り、この縁談を破棄《はき》してもよいと息巻いた。

「気位が高いばかりの京の公家に、なにができる。関東では、へそから下のことはとやかく申さぬが習いじゃ」

鼻っ柱の強い治済は、謝る素振りさえ見せない。

このままでは、将軍家と近衛家、ひいては朝廷との関係もまずくなる。

そのとき、敢然《かんぜん》と身を挺《てい》して、将軍家と朝廷の決裂を防いだのが、誰あろう磯風であった。

周囲の制止を振り切って一橋屋敷を出た磯風は、髪をおろして尼となった。そして俗事《ぞくじ》から逃れるべく、深川の淡香院に入った。

そのうえで、あろうことか井戸の水を頭からかぶって、お腹の子をおろそうとした。

これが、近衛家の家臣として、また将軍御台所付きの老女として、自分に示せる忠義である。磯風に迷いはなかった。

そんなありさまを見た十六歳の将軍家斉は、しごく胸を痛めた。そして近習《きんじゅ》である水野出羽守を淡香院に遣《つか》わし、磯風に告げさせた。

『子を流すのは不憫《ふびん》でもあり、道義としてあってはならないことである。生まれてくる子は余の兄弟。余が将軍としてかならず、しかるべき大名に養子に出し、身の立つようにする』

若い将軍の情義に触れ、磯風も子を産むことは承知したが、条件をつけてきた。

「男なら野心を抱くもの。生まれてくる子を大名などにしたら、世の乱れのもとになりかねません。どこか小身の旗本か御家人の家にでも縁付けていただければ、十二分だと存じます」

家斉は、磯風の透き通るような理知と謙虚《けんきょ》さに打たれた。身を捨てて世の乱れのもとを遠ざけ、みずからの子には小禄しか望まないのだ。

「これ、出歯。ならばせめてこの判書《はんがき》を、磯風に渡すのじゃ」

将軍や大名の花押《かおう》が押された文書を、御判書という。

『生まれてくる子が男子ならば、我が弟である。名乗り出てきたときには十万石を与える』

その御判書には、そう記されていた。

「このようなものは、いただけません」

磯風は幾度も首を振ったが、家斉の意を受けた出羽守は、押しつけるようにして磯風の手元に置いてきたという。

それから四十年の歳月が流れる間に、出羽守は幾度となく将軍家斉が、磯風のことを口にするのを聞いた。

「磯風は、まっこと山茶花のような女子《おなご》じゃ。花言葉があれほど、あてはまるのも珍しかろう」

　将軍家斉は鯰髭をしごきながら、そうつぶやいた。

　山茶花は日本が原産の花だが、和蘭《オランダ》や清国《しんこく》との交易を通じて欧州《おうしゅう》でも栽培されているという。

「これ、出歯、知っておるか。カピタンのブロンホフの話では、欧州には花言葉というものがあるらしい」

　家斉は、江戸に参府《さんぷ》してきた出島《でじま》の和蘭商館長《カピタン》のヤン・コック・ブロンホフから、花言葉というものの意味を聞いていた。

「それでな、山茶花の花言葉は、理性と謙虚だそうじゃ。まことにもって、磯風には似つかわしいのう。あの者は、余の判書も、倅《せがれ》の京極左馬助には見せておらぬようじゃ」

　磯風が産んだ男の子は、家禄一千石の旗本である京極家の当主となっていた。

　ここ四十年の間、家斉はことあるごとに磯風に、左馬助を大名に取り立てたいと持ちかけていた。しかしそのつど、

「今の一千石でも、過分なほどでございます」

　磯風は息子の京極左馬助の加増を、固辞《こじ》し続けてきたのだった。

「渡る世間には、立派な人間がいるもんだな。同じ磯でも、うちの八とは大違いだぜ」

当の本人の面前で、半四郎はおおいに妙春の人間性を感嘆してみせた。

「それで、いそか……いや妙春殿、左馬助殿のご謀反とは、どのような仕儀でござるか」

出羽守は白い眉を寄せた。

「さようでございました。こうしては、おられないのでございます」

妙春は弾かれたように、差し迫った口調で語り出した。

「三日前に、上さまがお忍びで、この尼をお見舞いくださいました。胸を病んでいることを、数年ぶりにお書きした時候のご挨拶《あいさつ》の文《ふみ》に、記したからでございましょう」

労咳《ろうがい》なのだろうと、半四郎は痛ましい思いがした。

「なんと上さまは、下々《しもじも》の者の身形をなされていました。小者ひとりだけを供に連れて、淡香院にお見えになられたのです」

ほんの少しだけ頬をゆるめながら、妙春は言葉をつないだ。

「胸を病んで、お迎えも近いと思っておりました。お目にかかるのもこれが最後と思い、四十年前にお預かりした御判書を、お返ししたいと申し出たのです。上さまにはご無理を言い、受け取っていただきました。そうしましたら上さまは、また新たな御判書をくだされようとなさるのです」

その御判書は、やはり京極左馬助の処遇《しょぐう》に関することなのであろうが、妙春は意図してのことか、中身には触れなかった。

妙春の、典雅《てんが》に老いて染みひとつない白い顔が、熱病を病んだように赤みを帯びた。

「上さまとのそのやりとりを、たまたまわたくしの見舞いに訪れていた左馬助めが、襖《ふすま》の陰から聞いていたようなのです。それで、あろうことか……」

そこで妙春は、激しく咳込んだ。

半四郎、真鈴、出羽守の三人が同時に手を伸ばし、妙春の背を撫《な》でた。

「青侍たちとともに座敷に闖入して……二通の御判書を奪い取り……それだけではなく、信じられぬ所業に及んだのでございます」

妙春は慄然《りつぜん》として、声を震わせた。

「空恐ろしい思いがいたしまする。左馬助のところには、このところ近衛家や紀州さまの御用人が、足しげく出入りしていたようなのです」

「つまりは、妙春さまの倅殿が、天下に野心を抱いたのですな。それで、兄である将軍を拉致し、連れ去ったと……」

半四郎がずばり口にすると、妙春は畳の上にくずおれた。

「お願いでございます。このわたしを、左馬助のところに連れていってくださいませ。わたしから言って聞かせれば、だいそれたことをしでかすような子ではないのです」

妙春は悲痛な目で、半四郎に訴えてくる。

出羽守は、「あわわわ」と中風の発作でも起こしたように両手で空《くう》をかき、ふいに呂律《ろれつ》がまわらなくなった。

真鈴が妙春の背中をさすり、半四郎が出羽守の肩を支えた。

「おい、出歯さん、大丈夫か。今、腕っこきの医者を連れてくるからな。おい、導庵さん！」

半四郎長屋の住人である小倉導庵を呼びながら、半四郎は気づいていた。

(三日前、徳さんと八が、淡香院で捕えられたであろう日に、将軍も小者ひとりを供に、妙春さまの見舞いにきていた。そこで将軍家斉公は、左馬助一派に連れ去られ、徳さんと磯八も姿を消した……）

半四郎は苦笑いしながら、首を振った。

（つまりは、徳さんが将軍さま……ってことか）

五　幕

あの徳さんが将軍だった。

不思議なものであった。驚きはしたが、愕然《がくぜん》とするほどではない。

『徳さん、半ちゃん』で付き合ってきた。

本来は目を剝《む》いて驚くべきだし、これまでのことはいちいち畏《おそ》れ多いことでございましたと、平伏して謝らなければならないだろう。

それなのに、にんまりと頰がゆるんでくる。

あの徳さんならば、あれはあれでさぞや威厳ある将軍さまなのだろう。

おかしみがこみあげてきた。半四郎にとって、斉之助は斉之助なのだ。

ともかくも、猶予《ゆうよ》はならない。

妙春と出羽守への手当てと世話を、導庵夫婦に託した半四郎と真鈴は、すっかりと夜の帳《とばり》がおりた江戸の町を、腿《もも》をあげて走った。

北町奉行所の奥にある奉行の役宅は、寝静まっていた。

「北町の落ちぶれ同心にして、二十番目の御庭番、服部半四郎まかり通る」

半四郎は宿直《とのい》の者らを蹴り飛ばす勢いで、奉行・榊原主計頭の寝所に向かった。

この奉行の耳にも、将軍失踪の件は届いていたらしい。

「榊原殿。この服部半四郎、今夜はぜひともおうかがいしたい儀があって、時刻をかえりみず、お訪ねした」

いきなり半四郎から同格扱いの言葉遣いをされ、榊原は目を丸くした。

「もしや、上さまのことでござるか。なんなりとお尋ねあれ」

それでも、半四郎が一応旗本ということになっているので、応じてくる。半四郎が将軍探索を命じられていることも、聞き及んでいるのだろう。

「それでさ、お奉行。昨日、勘定奉行の京極ってのが、お奉行を訪ねてきたはずなんだが、どんな用件だったんですかい」

無理をしてつくろってはみたものの、長くは続かない。半四郎の物言いは、すぐにいつもの調子に戻った。

「それがな、服部。淡香院という格式ある尼寺で、ふしだらな行為に及んだふたりの男の処置についてであった。いやまったく、さんざんねじ込まれてな」

榊原は苦りきった。

「近衛家ゆかりの尼寺で、不届きな所業に及んだ不埒な町人ふたりを、即、死罪にしてくれと申すのじゃ。死罪が無理なら、せめて島送りにしてもらいたい。刑さえ決まれば、ふたりの罪人の身柄はすでに押さえてある、とな。こちらの詮議の手順などは、まるで眼中にないかのようじゃ」

「待ってくださいよ、お奉行。寺社奉行ならばともかく、どうして勘定奉行である京極が、裁きを手前勝手につけようとするんですかい？」

半四郎にしては、しごくまっとうな疑問であった。これは、横車《よこぐるま》の最たるものではないか。

「寺社奉行の同意は得ていると言うのだ。それに、近衛家の意向も踏まえているのだとも言う」

榊原は声をひそめた。

「あの京極という男は、近衛家ゆかりの人間であるだけでなく、徳川家の血縁だという噂もある。わしはな、今の上さまの落とし胤《だね》ではないかと、見当をつけている。あの上さまのことじゃ。これはおおいにありえるであろう」

わけ知り顔で推量する榊原に、半四郎は反発を覚えた。

「うちの徳さんはさ。若い時分には、そりゃ普通の男よりはいくぶん助平だったろう。だけど、見境なく女に手を出すような男ではなかったと思うぜ」

きょとんとした顔の榊原に、半四郎は問いを重ねた。

「それでそのふたりの扱いは、結局のところ、どうなったんですかい？」

榊原は不本意そうにもらした。

「いきなり死罪というのも、さすがに認めるわけにはいかない。そこで知ってのとおり、今年は秋が深まってからも野分《のわけ》が来ておった」

野分とは、初秋《しょしゅう》から仲秋《ちゅうしゅう》にかけて南の空からやってくる、暴風雨のことだ。

「春、秋、冬と、年に三度、三宅島《みやけじま》と新島《にいじま》に向かう五百石船の出発が遅れていてな。拍子のよいことに、永代橋から出船の風待ちをしていたところなのだ。それでにわかに、明日の出船と決まった。今日の昼過ぎに、件《くだん》の罪人ふたりも淡香院から送られてきた」

半四郎の胸の鼓動がせりあがってきた。

流人船《るにんせん》の行き先は、重罪人が八丈島《はちじょうじま》。それよりも軽い罪人は、三宅島か新島という区分けがなされている。尼寺の風呂場をのぞこうとした斉之助、いや家斉将軍と磯八は、三宅島に送られる手筈《てはず》だという。

「ところで服部、今夜は上さまのことで来たのではなかったのか。おぬしは破廉恥なふたりのことばかり尋ねておるが、肝心の上さまの行き方知れずのほうはどうなった。探索は進んでおるのだろうな？」

榊原が逆に突っ込んできた。

『のぞきをして三宅島送りになる片割れは、その上さまだろうぜ』

そう切り返してやろうかと思ったが、こんな真夜中に卒倒《そっとう》されても困るし、あれこれ仔細を聞かれて足止めを食っても、もっと困る。

「たしか島送りを待つ囚人《しゅうじん》は、小伝馬町牢屋敷の、遠島《えんとう》部屋に押し込められているんだっけな。お奉行、京介を貸してもらいますぜ」

半四郎は、目をぱちくりさせている榊原をその場に残し、畳を蹴るようにして立ち上がった。


「おーい、おーい」

磯八は周囲の目もはばからずに号泣《ごうきゅう》していた。長年暮らしたお江戸ともおさらば、明日は流人船の船蔵に押し込められる運命《さだめ》なのだ。

斉之助はといえば、毅然《きぜん》として両目を閉じていた。

ここは小伝馬町牢獄の、東の揚屋《あげや》。別名を遠島部屋といい、島に送られる前の囚人が、出港の風待ちの間を過ごす場所であった。

「徳さんは悲しくないんですかい。もう半四郎の旦那や、長屋の連中とも会えないんですよ。島では雑魚《ざこ》取りの手伝いをして屑《くず》魚をわけてもらい、食いつながなきゃならない」

「八よ、心配いたすな。罪なき者が島送りになど、なるはずがない。わしはそんな政道を、世に敷いてきた覚えはない」

磯八を励ましながら、家斉は後悔にさいなまれていた。

(やはり堂々と将軍として淡香院を訪れ、妙春を見舞うべきであったわ)

妙春が胸を病んで、寝込みがちであると聞いた。

我が身を捨てて、世の平穏を守ってくれた古い知己《ちき》である。もう四十年来、文《ふみ》を交わしあってきた。なんとか励ましてやりたいと考えた。

それで庭師に化けて淡香院に忍び込み、庭先から妙春を驚かせてやろうと、思いついたのである。

(思惑どおりに、妙春は目を見開いて驚いてくれたが……)

不遇の弟が、まさかあのような所業におよぶとは……。

（左馬助《あれ》にも鬱屈《うっくつ》するところがあったのであろう。もっと察してやり、妙春を通さずに、直に話を聞いてやればよかった）

数奇で不運な運命をたどった弟を、建前とは別に、敬遠する思いがどこかにあったのかもしれない。

磯八が泣きながら、しきりに天井裏をのぞき込んでいる。半四郎か真鈴が助けにきてくれないかと、期待しているのだ。

磯八のことは笑えない。自分もときおり、天井を仰がぬではなかった。

（しかし、来てくれることはあるまい。半ちゃんも真鈴も）

半四郎は印旛沼に出張り中だし、真鈴は出歯から間の抜けた指図を受けて、見当違いの方向を探索させられているかもしれない。

（せめて、申し渡し役が榊原なら……）

家斉は、ほぞを嚙んだ。

島送りになる囚人は、自分が送られる島の名を、牢屋奉行である石出《いしで》帯刀《たてわき》と奉行所からやってくる与力から、申し渡されることになっている。

通常は出船の前日に言い渡されるのだが、なにやら急に出船が早まった関係で、明日の朝に奉行所から与力が来ると聞かされた。

(町方で余の顔を知っておるのは、奉行の榊原と、同心の半ちゃん、それに京ちゃんだけだ。余も、与力までは顔も名前も知らん)

思いもつかぬ運命の変転に、さすがの家斉も動揺していた。

(しかし左馬助が、いくら心に屈託《くったく》があるとはいえ、あのような暴挙に出るとは)

家斉は瞑目《めいもく》したまま首をあげ、天井を仰いだ。

(もしも天が余を見放さず、半ちゃんと真鈴が助けにきてくれたなら……余は将軍として、また兄として、どのようにあの弟を導いたらよいのだろうか)

すえた臭いのする揚屋のなかで、家斉はじっと思念をこらして、これから左馬助とどう向かい合っていくかを考えていた。


その夜、表二番町《おもてにばんちょう》にある京極屋敷では、深更《しんこう》にいたっても灯《あか》りが煌々《こうこう》と照らされていた。

京極左馬助が催《もよお》した内祝いの酒宴が、いつ果てるともなく続いているのだった。

当夜の主客は、近衛家の家宰《かさい》・一色式部《いっしきしきぶ》であり、紀州家からも大納言・治宝の用人が顔を見せていた。

その他にも、大久保、青山の両老中の家中から、幾人かの武士が列《つら》なって、屋敷の主《あるじ》の機嫌をとり結んでいた。

「いや、甘露《かんろ》、甘露」

いかにも美味そうに杯を重ねながら、左馬助はまるでもう天下をとったように、気分が昂《たか》ぶっていた。

母である妙春が、決して見せてはくれなかった兄家斉の御判書を、ようやく手にした。十万石のお墨付《すみつ》きだ。

そのうえに、あらたなお墨付きも得た。異例中の異例であるが、勘定奉行である自分に、溜間《たまりのま》詰めを命じるという御判書である。

江戸城における大名の詰間《つめのま》として、とりわけ溜間は別格であった。

溜間詰めの大名といえば、会津藩《あいづはん》・松平家や、彦根藩《ひこねはん》・井伊家《いいけ》などのお歴々《れきれき》のほか、松平定信など大物の老中経験者に限られているのだ。

そこに今はまだ一千石の旗本に過ぎない自分が、同列となる。

溜間詰めともなれば、老中とともに将軍家の諮問《しもん》を受ける立場となる。つまりは大威張りで、幕政に口がはさめるのだ。

（そのうえに、御三家の長老である紀州治宝や、青山・大久保の両老中らの強い

後押しがある。さらなる後ろ盾《だて》として、五摂家筆頭である近衛家が控えていてくれる。もはや天下を、なかばまでは掌握《しょうあく》した)

武者震いがした。心地よい酔いと高揚感をともなっての緊張感は、また格別なものがあった。

(兄家斉の突然の失踪で、江戸城は揺れておろう。両老中と紀州の後押しを受ければ、わしがあの毒にも薬にもならぬ家慶にとってかわり、意外にすんなりと次の将軍になれるかもしれん)

そのためには、さっそく御判書を活《い》かして、十万石の大名になっておく必要があった。

「次の手筈としては、やはり御三卿のうちの一家に養子に入るのが順当であると考えるが、方々にはなにか他によき思案がござるかな?」

左馬助は上機嫌で一同に諮《はか》った。

一橋、田安、清水《しみず》の三卿は、ともに十万石。家斉が一橋家から将軍になったように、御三卿の当主ともなれば、次代の将軍となる資格が得られるのだ。

「それは、名案にござる」

「次を見据《みす》えた一手。まさに妙手にございますな」

列座の面々は、口をそろえて褒《ほ》めちぎった。

「清水徳川家ならば、いつでも継げましょう」

と発する者もあった。

清水家は当主に若死にがあったりして、存在感はない代わりに、入り込むにもそこまで苦労はしないだろう。

左馬助は、にんまりと相好《そうごう》をくずした。

「いずれにせよ、明日、かのお人を島送りにすれば、後顧《こうこ》の憂《うれ》いは断たれる」

「流人の暮らしは厳しゅうございます。年寄りでは半年ともちますまい」

一色式部と頬をゆるめあった左馬助だが、ふいに不安がもたれてきた。

母である妙春が、座敷牢から連れ去られた。そんな知らせが、淡香院に詰めさせている青侍からあったのだ。

（いったい誰の仕業なのか……）

生みの母であるし、まさに今が瀬戸際でもある。

不安でないわけがなかったが、

（さして案じることもあるまい。明け方までには、行方がつかめるだろう）

そんな楽観の思いも、感じていた。

「妙春さまは長年、院主を務めてこられました。慕《した》っている尼は多いようです。それらのなかから、手引きする者があったのでしょう」

知らせを持ってきた一色数馬《かずま》が、そんな見当を口にしていた。

「女の足です。加えて、妙春さまはご老体で病身。さほど遠くへ逃れたとは思えません。配下を動員して、深川の周辺を探索しております。明日の朝までには、見つかりましょう」

数馬は一色式部の弟で、鞍馬《くらま》修験流《しゅげんりゅう》の遣い手である。

あの男が言うならば、間違いはあるまい。いささか安直ではあるが、そんな気がしていた。

思えば、人のために譲《ゆず》ってばかりいたのが、母の一生であった。

それが左馬助には歯がゆかったし、息子の立身出世を望まないかに見える母の姿勢にも、ずっと納得がいかないでいた。

成人していくにつれて、すり寄ってきて種々《くさぐさ》のことを耳に入れてくる者がいた。

自分には、将軍の庶弟《しょてい》であるという噂がある。左馬助はかなり早いうちから、そう聞いていた。

お役に就《つ》くと、すり寄ってくる者の数は増えた。そして、その噂が事実であることを確信した。

そのことで、母を問いつめてみた。

母は拍子抜けするほどあっさりと、左馬助が将軍の弟であると口にした。

ただし、そのあとが、にべもなかった。

『将軍の弟であることは、生涯、自分の胸の中だけにとどめておきなさい。一千石でも過分であると肝《きも》に銘《めい》じ、お役目専一に励まねばならぬ』

耳にたこができるほど、繰り返し聞かされた。

だが、どうしても料簡《りょうけん》することはできなかった。

将軍の弟ならば、御三家か御三卿、悪くとも十万石の大名になって当然であろう。それが、たった一千石の旗本とは。

とはいえ、左馬助は母・妙春に、特別な思慕《しぼ》の念を抱いている。

養子として京極家で育てられた手前、肌身を寄せてというわけではない。けれど折にふれ、細やかな母親としての心遣いを示してくれたのだ。

そうした母の心尽くしに支えられ、町奉行と並んで旗本の出世双六《すごろく》のあがりとされる、勘定奉行にまでのぼりつめたのだ。

左馬助は、生みの母を憎み切ることはできなかった。

実父である一橋治済からは、父親としての名乗りをあげられることなく終わった。一橋家からは、季節の到来物ひとつ、届いたこともない。むろん、将軍である兄からも、声をかけられたことはなかったし、手紙ひとつ受け取ったことすらない。

実父の治済は、二年前に逝去《せいきょ》していた。一旗本にすぎない左馬助は、葬儀の席に連なることも許されなかった。

――兄の差し金に違いない。

母の代わりに兄を恨みに思う一念が、左馬助の胸中に濃くなっていった。

そんななか、近衛家や紀州家の人間と接する機会が増えた。反家斉派の首魁《しゆかい》である松平定信を失った両老中も、ひそかに接触してきた。

家斉には、ふらふらと江戸城外に出て、町場で気晴らしをする酔狂《すいきよう》な癖がある。

そんな噂が、江戸城の内外に流れはじめているという。

(市中で将軍を拉致してしまえば、天下をひっくり返すことも可能ではないか)

かなり荒唐無稽《こうとうむけい》ではあるが、左馬助を囲む面々の間で、そんな思惑が交叉《こうさ》しはじめていた。

そんなときに、千載一遇《せんざいいちぐう》の機会が、ふいに訪れた。

胸の病《やまい》が重くなりはじめた母を、淡香院に見舞ったその日、いきなり植木職人の身形をした兄が現れたのだ！

ひそかに影供がついているのではないか。そう推量して、近衛家から借りている青侍たちに、淡香院の周囲を調べさせた。

だが、供は狸顔をした小者がひとりだけ。

尼寺は親類縁者を除いて、男子禁制である。門外にとどめおかれたその狸顔は、鼻の下をのばして、しきりに尼寺の中を覗《のぞ》いているという。

なんと迂闊《うかつ》な将軍かと呆《あき》れつつ、左馬助は天を仰いだ。

今が好機と直感した左馬助は、とうとう兄である将軍を拘束《こうそく》したのだ。

家斉を捕らえたあと、左馬助は母に自分の大望を告げ、静かに見守ってくれるよう懇願《こんがん》した。

呆然《ぼうぜん》とした母は、まったく聞く耳を持ってはくれなかった。

そして、ほとばしる口調で言った。

『上さまへのあるまじき振る舞いは、もはや取り返しがつきませぬ。母はこれからおまえの暴挙《ぼうきょ》と野心を、水野出羽守さまに訴えにまいります。それまでの間、おまえは上さまの前でひれ伏し、非礼を詫《わ》びておれ』

冗談ではない。すでに将軍とその供の狸顔に、縄をかけてしまったのだ。

あたかも、敵は本能寺《ほんのうじ》にありと告げたときの、明智光秀《あけちみつひで》のような高揚感に、左馬助は酔ってしまっていた。

老中に訴えられては、もとも子もない。やむなく、母を座敷牢に入れた。

自責の念も尽きないし、忸怩《じくじ》たる思いもある。

ただ、今が正念場なのだ。

母には母の生きざまがあろうが、自分には謙虚な生き方は似合わない。

明日は、紀州治宝と両老中に介添えされて、江戸城本丸に乗り込む。

老中首座である水野出羽守に二通の御判書をつきつけ、溜間に陣取るのだ。


次第に酔いがまわってきた。

酒宴に列なる人々も、さすがに眠そうである。

「殿」

用人が背後に控えて、耳打ちしてきた。

「そうか……」

よくない知らせだった。座敷牢を抜けた母が、まだ見つからないというのだ。考えてみれば、闇《やみ》にまぎれて市井《しせい》に消えた人間を、いかに足弱な病人とはいえ、すぐに見つけ出すのは至難《しなん》の業《わざ》であろう。

「これにてお開きにいたそう」

左馬助はそう発した。一同はいっせいに低頭すると、三々五々、引き上げていった。

「左馬助さま、なにか悪い知らせでもありましたか」

軍師役である一色式部が顔を寄せてきた。

左馬助の顔から、酔いがにわかに覚めた、というより、にわかに悪酔いしたように精気が消えていた。

「母の行方が、まだつかめぬ」

そう告げると、式部の顔が一瞬だけゆがんだ。

「なぁに、心配することはございません。ああは仰せられても、実の子を訴え出る母親はおりますまい。ただ念には念を入れ、これから水野出羽守の屋敷の周囲に、青侍をまいておきます」

そうしてさえおけば、訴えにきた妙春に足止めをかけ、ふたたびこちらの手元に置いておける。順当な手配りだと、左馬助も思った。

「明日の朝まで、でござる。明日の朝には、大勢を決すことができます」

式部が励ますように、左馬助の両肩に手をあてた。

「委細《いさい》承知じゃ。朝のうちに、兄を三宅島行きの流人船に乗せてしまえば、こちらのもの。出羽守などは、死に者狂いで兄の行方を探し続けるであろうが、まさか三宅島まで探索にはまいるまい」

左馬助と式部は、片頬をゆがめて笑った。

「江戸城でふんぞりかえっていた父や兄とは違い、こちらは千石ぽっちの旗本として生きてきて、勘定奉行の座も、自分の才覚でつかみとったのだ。家斉などには負けられん」

障子《しょうじ》を開け放った左馬助は、夜空に向かって吠えた。

(それにしても、母はどこにいるのか。明日の大勝負を終えたならば、なんとしても母を探し出さねばならん。そして、孝養《こうよう》を尽くさねば)

夜風に頰をなぶられると、酔いの代わりに虚《むな》しさがこみあげてきた。

(これでよかったのであろうか……)

母からことあるごとに、兄の器の大きさを聞かされてきた。そのつど反発してきたのだが、ごく稀《まれ》に、そんな兄の懐に飛び込んでいきたい思いにも、駆られていたのだ。

だが、もう後戻りなどできない。

（わしらしくもない……弱気は禁物だ）

一歩でも引けば、たちまち逆臣として誅《ちゅう》されてしまう。

「よいか、式部。明日の出船までは油断はできぬ。おぬしも永代橋まで出張って、しかと出船を見届けてくるのだ」

左馬助はきっとした目で、式部に命じた。

「いかにも、仰せのとおりでござる。明日は拙者《せっしゃ》も出張り申す」

式部は大きくうなずいた。

六　幕

「お奉行はいったい、なにを考えている」

半四郎の天敵である百地京介は、朝から不満たらたらであった。

「どうしてこの俺が、半四郎長屋のあの変てこりんなご隠居のために、朝から牢屋敷まで出張らなくてはならんのだ。しかも、半四郎の露払い役とは情けない」

心底、誇《ほこ》りが傷ついたらしく、京介は我慢の限界という顔だ。

「いいか、何度も言うが、俺はおまえの御庭番昇格など、これっぽっちも認めていないからな」

「わかったから、ひとつ、ばしっと決めてくれよ。お奉行からは、今日の出船を差し止めるとの、正式なご下命があったんだからな。それを無視して出船を強行する輩《やから》は、おまえの手でお縄にしてしまってくれ」

京介は唇を曲げながら、半四郎の言葉を聞いていた。

早朝の永代橋は、海霧《うみぎり》とも川霧ともつかない靄《もや》にかすんでいた。

「おっと。もうはじまっている。京介、いくぞ」

橋番所の前で、これから島送りとなる囚人たちが土下座《どげざ》させられている光景が、靄の切れ間から目に入ってきた。

奉行所からやってきた与力と牢屋奉行から、送られる先の島名が、今まさに告げられようとしているところだった。

「え～武州無宿の植木職人、斉助《なりすけ》と磯八。そのほうら、大徳寺《だいとくじ》派淡香院で淫行におよびし罪により、三宅島に遠流《おんる》を命じる……あっ、おまえ！」

巻紙を読み上げていた与力が、眉をつりあげた。

「たしか、半四郎のところの……」

当日の当番与力は、佐藤文太郎であった。顔見知りの磯八の顔を見て、小首をかしげている。

「佐藤殿、先を続けられよ。それとも流人のなかに顔見知りでもおられましたか。まさか北の与力殿に、流人の知り人などおられるはずもないが」

近衛家から立会い人として来ていた一色式部が、ぎろりと文太郎を睨んだ。

「あいや、人違いでござった。拙者の知り合いにも、狸顔の男がおりましてな」

文太郎は、すぐに次の流人の名と島名を読み上げはじめた。

「そ、そんな殺生《せっしょう》な……お見忘れですか、あっしですよ。半四郎の旦那の手先をしている磯八です」

磯八は声を枯《か》らすが、文太郎は素知《そし》らぬ顔で、巻紙の棒読みを続けていた。

朝霧に煙《けむ》る永代橋に、磯八の泣き喚《わめ》く声が、切々とこだましました。

そのとき、ばたばたと地を蹴る音が、桟橋《さんばし》に響いてきた。

「おう、半ちゃんか」

斉之助は目を細めて、右手をあげた。

「遅かったのう。じゃが、かならず来てくれるものと、信じておったぞ」

「待たせたな、徳さん。こっちもいろいろあってさ」

左手をあげて応えた半四郎は、そのままおろした親指で、古伊賀乗村の鯉口をきった。

京介も大音声《だいおんじょう》をあげた。

「北町奉行・榊原主計頭の名によって、本日の出船は差し止める。さぁ、牢屋奉行配下の皆の衆、囚人たちをこのまま小伝馬町まで連れ帰るのだ」

「と、徳さん。天敵まで、助けにきてくれましたぜ」

磯八が頰を紅潮させている。

斉之助は泰然とした面持ちで、成り行きを眺めていた。

「北の百地京介か……はてさて、どうすればよいのじゃ」

牢屋奉行の石出帯刀は、目をきょろきょろとさせるばかりだ。

「慮外者《りょがいもの》どもめ、そうはいかぬぞ。それ、皆の者！」

見た顔の青侍が、配下を叱咤《しった》した。

「見れば、いつぞやの御庭番ではないか。ちょうどよい。御庭番もいずれ総入れ替えとなる。次なる御庭番支配役は、このわしじゃ」

数馬が、ぎらりと刀を抜き放った。

「鞍馬修験流、一色数馬だ。手はじめに、そのほうをお役ご免のうえ、三途の川《さんずのかわ》渡りにしてやる」

配下の五人の青侍が、ぐるりと半四郎を囲んだ。

「鞍馬修験流だか、なまくら刀の修繕だか知らねぇが、京都のなまっちろい青侍などこの古伊賀乗村のひと振りで、青菜《あおな》に塩にしてやらぁ」

「けえい！」

気合声がかかると同時に、五人の姿が半四郎の視界から消えた。

頭上で光が交錯《こうさく》した。半四郎は思わず天を仰いだ。

まばゆい五条《ごじょう》の光線が落ちてくる。朝日をはねた五つの切っ先だ。

鞍馬天狗《くらまてんぐ》のように跳んだ五人が、逆手《さかて》に握った柄《つか》を小脇に抱えていた。剣先を下に向けて、空を縫《ぬ》うように左右から落ちてくる。

あわやのところで、半四郎は大きく蜻蛉《とんぼ》をきった。

背筋に刃風を感じて、着地をしくじった。どすんと腰を打ち、体勢を立て直すのが、一拍、遅れた。

（殺《や》られる）

思わず閉じた瞼《まぶた》に、おのれの噴き出す血が真っ赤に浮かんだ刹那《せつな》、

「きゅいん」

金属《かね》が風を裂く音が響いた。

目を開くと、それぞれ肩と脇に苦無《くない》を食らったふたりの青侍が、膝《ひざ》をついて苦悶《くもん》している。

「半四郎さま！」

真鈴の左右の腕が、縦横《じゅうおう》に振られて交差した。

ちゃりんちゃりん、と金属が鳴る音が背後でした。

「おのれ、くの一か」

半四郎の背後にまわっていた数馬が、苦無を叩き落として、歯ぎしりした。

数馬の両脇からふたりの青侍が飛び出し、左右から迫ってきた。左から真っ向上段。右から脇構えだ。

半四郎は右半身にひねり、脇差《わきざし》の飯富寅次《おぶとらじ》を右手一本で抜きざま、斜め右に投じた。

脇構えは、見た目ほど臨機応変な構えではない。飯富寅次は、あっさりと相手

の臍下《へそした》に、ぶすんと吸い込まれた。

もうひとりは上段から間合いに入って、そのまま落としてきた。半四郎は、がりんと横合いから撥《は》ね上げざま、相手の急所に右足を叩き込んだ。

「さて、どうする。ひとりになったぜ」

二間の近間合いで、半四郎は数馬と対峙《たいじ》した。

いつの間にか、文太郎の横で睨みを利かせていた身形のいい青侍が、姿を消していた。文太郎は、ぽかんと立ち尽くしている。

「跳べよ、鞍馬天狗の頭目《とうもく》なのだろう」

半四郎は鼻で笑いながら、けしかけた。

「言うな。わしが跳んだところを、くの一に狙《ねら》い打たせようというのだろう」

数馬は荒い息をしていた。

真鈴は右手の指の間に苦無をはさみ、第三投を発する機会をうかがっていた。

「図星だ。いくら天狗でも跳べば身体がくずれるからな」

数馬の顔が、大きくゆがんだ。

すかさず、半四郎は踏み込んだ。

横一閃で鼻先を刃風であおってやると。数馬はへなへなと後退して、尻から背後に沈み込んだ。

その総髪に結った頭に、古伊賀乗村を振り上げて寸止めをかけた。

数馬は悶絶《もんぜつ》した。

「さぁ、御前、急ぎ江戸城へお戻りくださいませ。すでに、京極左馬助殿がご登城されております」

真鈴が斉之助の前で、片膝をついた。

「うむ、大儀じゃ。では、まいろうか」

斉之助は悠然《ゆうぜん》と立ち上がると、半四郎に右手をかかげた。

「半ちゃんも一緒に、江戸城にまいるのであろう」

二刀を納めた半四郎は、一礼してうなずいた。

「う、上さま、大事、大事、ございませんか」

そこに奉行の榊原が、泡を食って駆け込んできた。

ここは江戸城の黒書院。将軍の御座所である中奥にも近い、奥の院である。

そこで左馬助は、もう半刻以上も待たされていた。介添えの紀州大納言治宝と両老中ともども、痺《しび》れを切らしていた。

「これ出羽守、上さまは本当に、ご出座遊ばすのだな」

気が長いほうではない治宝が、手にした扇子《せんす》を出羽守の鼻先につきつけた。待たされて憤《いきどお》ってはいたが、言葉尻に余裕がある。将軍家斉は、今頃は流人船に乗せられ、大海原《おおうなばら》の上で揺られていると思い込んでいるからだ。

「はは。今少しだけ、お待ちくださいませ。そのう、実は上さまは朝から……しばしば厠《かわや》に行かれておりまする。昨晩、食された柿があたったようでござる」

出羽守は、しどろもどろになって言いわけをした。

「ではありますが、内大臣・家慶さまは、かならずご出座されまする」

家斉の跡取りである家慶は顔を出す……出羽守は、そう一同に告げた。

「上さまは渋り腹か。柿は腹を冷やすからの。ならば、しかたがない。我らも厠を済ませておくか」

皮肉めいた顔で、治宝が立ち上がった。

「どうじゃ、左馬助殿。大事な話を前に、気を取られてはいかん。前もって連れ小便とまいろうぞ」

豪放磊落《ごうほうらいらく》なところも家斉と似ている治宝は、気さくに左馬助を誘った。

「それがよろしゅうございます。内大臣さまには、今日はせっかくの皆さまがたのご訪問なので、ゆっくりとご歓談したいとの仰せでした。途中で小用に立ってはご無礼にあたりますのでな」

出羽守が、持ち前の軽薄な物腰で左馬助の肩を撫で、厠を済ませておくようにすすめた。

「さようでございますか。では、失礼いたして」

左馬助は、おもむろに立ち上がった。

まさか、本当に連れ小便ともいかない。左馬助は治宝が先に小用を済ませるまで、中庭を眺めていることにした。すると、厠のほうから、がさがさという物音が聞こえてきた。

「はて、この江戸城の中奥に、まさか曲者《くせもの》か」

訝《いぶか》しみつつ、厠に入ろうとした。

「うわっ！」

そこで左馬助は、思わず腰を抜かした。ざぶりとばかりに水をかけられて、裃《かみしも》も袴《はかま》もずぶ濡《ぬ》れとなったのだ。

左馬助は思わず懐中に手を入れた。用心のためにと、二通の御判書は油紙に包んできている。なので、水で墨が流れるということはあるまい。

ほっとすると同時に、むらむらと怒りがこみあげてきた。

勝負の日でもあり、晴れの日でもある。そんな日に、無礼な目に遭うとは。

「わっ、申しわけございません」

手桶《ておけ》を持った美形の侍女が、植え込みのなかから出てきて平伏した。

なんと、肌襦袢《はだじゅばん》一枚である。

思わず呆気《あっけ》にとられた左馬助だが、あまりの艶《なま》めかしさに怒りを忘れた。

「わたくしは、御台所さまの侍女でございます。大奥の湯殿で湯浴みをしておりましたところ、のぞき見をしている曲者がおりました。あまりの恥ずかしさと悔しさに、曲者をここまで追ってまいったのでございます」

（なんと気の強い侍女であろう）

左馬助は目を見張った。それにしても、大奥と中奥は厳重に遮断《しゃだん》されているはずだが、どこをどう通って、ここまで曲者を追ってきたのだろうか。

「曲者は、この厠の陰に隠れたように見えました。姿を現したら水をかけてやろうと手ぐすねをひいておりましたが、とんだ人違いをしたようで……」

真鈴と名乗った侍女は、ひたすら詫びてくる。

（それにしても、この江戸城で女風呂をのぞき見などと……）

助平な不届き者は、どこにでもいるものなのかもしれない。

「よい、許してとらす。許してはとらすが……」

怒る気にもなれなかったが、びしょ濡れになってしまった装束だけは、急いで取り替えなければならない。

「左馬助殿、ここにおられたか」

水野出羽守が近づいてきた。その手が、浅薄《せんぱく》そうな顔をした三十男の襟首《えりくび》をつかんでいる。

「内大臣さまは、すぐにご出座になられます。急ぎ中奥の御座の間まで、お進みあれ……やや、その濡れ鼠《ねずみ》のようなありさまは、なんとされました」

出羽守は襟首をつかんでいた武士を、その場に引き据えると、懐に手を入れて懐紙を取り出し、大仰《おおぎょう》な素振りで左馬助の装束を拭《ふ》こうとした。

「いや、これはこの侍女に……あいにく、着替えの装束など持参しておりませんので当惑していたところ……むむっ」

左馬助は、引き据えられてふてくされている武士の裃と小袖に、目をとめた。

その武士の装束にも、近江《おうみ》源氏《げんじ》である京極家と同じ、四目《よつめ》結《ゆい》の家紋が入っていたのだ。

「この者は、しばしば大奥に闖入《ちんにゅう》をこころみる不良旗本の六角《ろっかく》半四郎でしてな。人呼んで、落ちぶれ半四郎でござる。ああ、ちょうどよかった」

六角家も、近江源氏の名門の姓《せい》である。

「左馬助殿とこの者が、同じ近江源氏であったことは、もっけの幸い。急ぎ、この者の装束と、お着替えくだされ。これ、そこの侍女、お召し変えをお手伝いせぬか」

「は、はい。では、さっそく」

目を丸くしている左馬助の装束を真鈴が脱がせ、半四郎の装束は、出羽守が脱がせた。

将軍が中奥の御座の間まで、大名や老中を招きいれることはめったにない。異例のもてなしというべきであった。

「ご出座にございます」

出羽守から声がかかると、左馬助は平伏した。

「うむ、苦しゅうない」

顔をあげたとたんに、左馬助は目を剝いた。てっきり倅の家慶かと思っていたら、白いまばらな鯰髭を生やした老人が、にこにこ顔で座っていた。

「こ、これは上さま！」

紀州治宝が素《す》っ頓狂《とんきょう》な声を張り上げた。両老中は固まってしまっている。

「今日は我が弟が訪ねてくれると聞き、楽しみにしておった。あまりのうれしさに、渋り腹になってしまったほどじゃ」

将軍家斉は、いきなり自分を弟と認めてきた。愉快げに、そして親しげに、あれこれと話しかけてくる。

とたんにのぼせあがってしまって、ほとんど耳に入らなかったが、家斉の物言いには、気さくでありながらにじみ出るような威厳があり、自分とは器が違うことを感じざるをえなかった。

思っていた成り行きとは勝手が違い、左馬助は戸惑うばかりだった。

「それで、左馬助。今日はそなたからも、余になにか話があったのではないか」

そう問われて、この兄を島送りにしようとしていたことが、脳裏《のうり》によみがえってきた。それにしても、いったい、どうなっているのだ。

「こ、ここに、上さまより我が母がたまわった、御判書がございまする」

左馬助は、かろうじてそう切り出した。

「おお、余が磯風、ではなく妙春に遣わした判書じゃな。寄る年波で、なにを記したか忘れてしもうた。弟よ、余のために読んで聞かせてくれぬか」

逡巡《しゅんじゅん》するものはあったが、左馬助は懐中に手を入れて、油紙を取り出した。

「やや、こ、これは！」

左馬助は目を剝いた。

それは御判書ではなく、兄の家斉と母の妙春から自分に宛てられた、手紙であった。

兄はこう語りかけてきていた。

『そなたを一旗本のまま捨ておいたのは、すべて余の不明のいたすところ。これからは兄弟が力を合わせ、世の平穏のために尽くそうではないか』

一方の、母の訴えは、

『そなたの兄君である上さまから、これまでに幾度となく、そなたをしかるべき大名にしたいという、お申し出がありました。それを、ことごとく母が謝絶してきたのです。そなたの身の処遇のことで、上さまを逆恨みするのは、筋違いもはなはだしい。病身の母の遺言《ゆいごん》と思って、このことを胸にとめておきなさい』

左馬助の全身から力が抜け、畳の上にくずおれそうになった。

母の言うとおり、兄の器は大きかった。

左馬助のなかで、積年《せきねん》の恨みと野心が、しゅうしゅうと音を立ててしぼんでいくのを感じていた。

「せ、拙者は、兄上や母上のお心も知らず……神をも恐れぬ身のほど知らずな企みを……あまつさえ、兄上を島送りに……」

左馬助は嗚咽《おえつ》した。

「よいよい、さようなことは気にいたすな。仲のよい兄弟ほど、喧嘩《けんか》をするものであろう……じゃがな」

悪戯《いたずら》っぽく、家斉が笑った。

「わしも兄じゃ、負けてはおれぬぞ。わしのほうも、そなたを島送りにすることを考えておる」

「し、島送り！」

紀州治宝と両家老の顔がひきつった。

左馬助は、はっとして兄の顔を見つめた。

「勘定奉行・京極左馬助、そのほうに佐渡奉行を命じる」

「佐渡奉行！」

列座の者が、皆、異口同音に発した。佐渡奉行は佐渡の金鉱《きんこう》を所管して、公儀の財政を支える要職である。

「そうじゃ。かの地で海風にあたり、しばらくは頭を冷やしておれ」

左馬助は威に打たれたように平伏した。

「余は、江戸の無宿者らを捕らえて金山銀山に送る非道な仕打ちを、あらためたいと考えておる。そちがその目で、彼《か》の地のありさまを検分し、余に意見するがよい。これからは、その他のことでも、天下の政道に対する意見を直《じか》に持ってまいれ。じゃが、その前に」

家斉は、いっそう懇篤《こんとく》な眼差しを、左馬助に向けた。

「妙春が病に臥《ふ》しておる。しばらくは母の看病に専念して、孝養を尽くすがよい。任地である佐渡に出向く日取りは、出歯……いや、出羽と相談せよ」

「徳さんも、なかなかやるもんだな。見事な千両役者ぶりだ」

「はい。さすがは江戸城の団十郎を自認される、御前さま。すっかり、弟さまの心をつかんでしまわれたようです」

次の間の襖の陰で、半四郎と真鈴は頬をゆるめあっていた。

「……でもな、もう徳さんは、半四郎長屋には戻ってこないかもしれないな」

半四郎長屋恒例《こうれい》の秋の行楽《こうらく》は、永代橋を渡って深川まで繰り出した。

富岡八幡に参拝し、隣接する永代寺の紅葉を満喫《まんきつ》した。

それから、せっかくであるので、見ごろを迎えた淡香院の山茶花も楽しむことになった。

半四郎と真鈴は、斉之助を真ん中にはさみながら、そぞろ歩いた。

ふたりの少し先を、里江、導庵、磯八の三人が、弾んだ足取りで歩いている。

半四郎は山茶花の奥ゆかしい芳香を、胸いっぱいに吸い込んだ。

満ち足りた秋の午後は、時がゆっくりと流れていた。

「本当だな、半ちゃん。わしが将軍であることは、里江さん夫婦や八には内緒にしておいてくれるのだな」

「ああ、約束はするが……徳さんがいないと、江戸城はやっぱし、ばたつくみたいじゃないか。これまでどおり、のんきに半四郎長屋なんかで油を売っていて、大丈夫なのかい」

斉之助は、ぶるぶると顔を横に振った。

「半ちゃん、つれないではないか。まさか、わしを半四郎長屋から追い出す所存ではあるまいな」

恨みがましい目を向けてくる斉之助が、半四郎にはなんとも愛おしかった。

「そりゃぁ、月七百文の店賃《たなちん》さえ払ってくれれば、徳さんにはいつまでだっていてもらいたいけどさ……真鈴だって、ずっといてくれるのだろうしな」

半四郎が目をやると、真鈴はほがらかに笑った。

「本当に、江戸城のほうは大丈夫なんだろうな？」

「大丈夫だとも……そんなことより半ちゃん、約束じゃぞ、武士に二言はあるまいな。店賃さえ払えば、わしはずっとずっと、半四郎長屋に部屋を借りていてよいのじゃな」

斉之助はくどくどと、半四郎に絡んできた。

コスミック・時代文庫

落《お》ちぶれ同心《どうしん》と将軍《しょうぐん》さま
上さま危機一髪

【著者】
藤村《ふじむら》与《よ》一郎《いちろう》

【発行者】
杉原葉子

【発行】
株式会社コスミック出版
〒154-0002 東京都世田谷区下馬 6-15-4
代表 TEL.03(5432)7081
営業 TEL.03(5432)7084
FAX.03(5432)7088
編集 TEL.03(5432)7086
FAX.03(5432)7090

【ホームページ】
http://www.cosmicpub.com/

【振替口座】
00110-8-611382

【印刷／製本】
中央精版印刷株式会社